ADIEU LES ANGES...

Pierre Wiehn

ADIEU LES ANGES...

roman

LE GRAND LIVRE DU MOIS

ISBN 2-286-00547-8

Qu'est-ce donc que le temps ? Si personne ne m'interroge, je le sais ; mais si on me le demande, et que j'entreprenne de l'expliquer, je trouve que je l'ignore.

Saint Augustin

Chapitre 1

Qui tollis peccata mundi, miserere nobis.

Ici, au village, on l'appelle un « bat'égail » ; c'est une drôle de bestiole. Tous les jours ou presque, je la vois s'ébrouer dans la rosée du matin, à petits bonds saccadés, presque mécaniques. Elle fait sa toilette et la journée commence. Pour elle et pour moi.

À cette heure, je marche sur le chemin blanc qui conduit au village, à l'église.

Bonnet sur la tête, tablier noir et sac au dos, j'ai traversé la grande cour carrée des Coudriers, la ferme où je vis, salué le vieux marronnier planté en son centre et franchi le grand porche de pierre blanche à demi tapissé de lierre. Et je marche. L'air me semble plus doux, avec une odeur de frais. J'aime ce moment du jour où tout recommence, s'éveille, renaît. C'est comme une page blanche de mon cahier, une promesse. Je me sens bien, vivant, paisible et fort.

Ce matin pourtant, j'ai un problème : je boite. Un pas long, un pas court. Encore un long, encore un court. Et encore et encore. J'ai mal et je déteste ça. Je déteste encore plus notre nouveau curé. Tout long, tout maigre, agité, cheveux ras sur un visage plein d'os, les yeux brûlants et la voix pointue. Il me fait peur. Je ne l'aime pas. Et je n'aime pas quand je n'aime pas.

Pourtant, tout à l'heure, je serai avec lui pour la messe. Comme tous les jours. Sept heures : lever ; sept heures et demie : départ pour l'église ; huit heures : messe ; huit heures et demie : en route pour l'école et neuf heures : classe avec Monsieur Griffarin, notre instituteur. C'est tous les matins la même chose.

Aujourd'hui, le chemin me paraît plus long que d'habitude.

Je suis à mi-parcours, au virage du grand cerisier tombé l'hiver dernier, abattu par le vent. Bientôt, je longerai le petit bois à droite. Peut-être croiserai-je le père Élysée en haut de la côte, près des grosses pierres.

Le père Élysée sait ce que personne ne sait. Il connaît les potions qui font dormir, les pommades qui guérissent, les bonnes et les mauvaises étoiles. Les gens d'ici disent qu'il peut « enlever le feu ». Je ne sais pas ce que ça veut dire mais je sais que tous le respectent, et le craignent aussi. Il faut dire qu'avec son chapeau melon noir planté sur la tête, tout de travers à cause d'une bosse rouge sur le côté du front, il inquiète. Une fois, je l'ai vu et entendu parler aux pierres. Devant mon air étonné, il a seulement dit : « Bien sûr que les pierres parlent. Mais qui les entend ? Qui les écoute ? » Il est bizarre. Il me fait un peu peur et pourtant j'ai de l'affection pour lui.

Encore un quart d'heure à marcher. « Que fais-tu pour le Seigneur ? Que Lui donnes-tu ? » Le nouveau curé m'a expliqué qu'il fallait faire des signes à Dieu. En témoignage de notre soumission. Je n'ai pas compris ce qu'il voulait dire. Je l'aime, moi, le Bon Dieu. La preuve : tous les matins, je fais ce sacré chemin pour aller servir la messe, qu'il fasse beau temps, qu'il pleuve ou qu'il gèle.

« Tu dois demander à Dieu de te pardonner tes fautes, ton orgueil, tes vilaines pensées. Tous les bons Français devraient le faire. Beaucoup ont oublié ce devoir sacré. Et maintenant, la France est blessée. C'est notre faute. Pour que Dieu nous pardonne, nous devons Lui offrir le meilleur. » Je voudrais bien mais je n'ai rien à moi. Peut-être mon plumier ? Mon sac de billes ? « Et ta souffrance ? Tu peux, tu dois Lui offrir ta souffrance comme les premiers chrétiens. En gage d'amour. » Et de m'expliquer qu'un moyen tout simple consisterait à mettre des cailloux dans mes chaussures. À chaque pas, j'aurais mal et Dieu serait content ! Étrange.

Je n'aime pas ce curé et je n'aime pas son Dieu. Mon Dieu à moi, c'est Jésus. Il est beau, grand, avec de longs cheveux, un visage paisible, des yeux chaleureux, de fines mains blanches. Il raconte des histoires à rêver, il a de l'amour pour les pauvres, les malades, les faibles. Il ne se réjouit pas, lui, du malheur des hommes.

C'est notre ancien curé qui nous l'a fait aimer, à moi et aux copains du catéchisme. Seulement voilà, notre vieux curé est parti. Malade. Il reviendra bientôt, il l'a promis. Je l'imagine déjà à l'entrée de l'église, avec son bon visage tout rond sous ses cheveux blancs, les bras tendus vers nous. « Bonjour les enfants. Je vous attendais. Je suis heureux quand vous êtes là, avec moi, dans la maison de Dieu. » Et nous aussi, nous serons heureux d'être là, avec lui. « N'oubliez jamais que Jésus vous aime. » C'est ce qu'il dit toujours. Mais dans dix minutes, c'est l'Autre que je vais voir...

Je marche mal parce que j'ai mal. À la rentrée des classes, nous sommes allés avec les copains chez Louis, le maréchal-ferrant. Il cloue des fers à nos semelles de bois, comme pour les chevaux. Des fers assez minces, pas trop lourds ; et rudement commodes pour faire des glissades sur le ciment du préau de l'école. L'ennui, c'est que les galoches sont raides. Pas simple pour marcher vite. Et c'est encore plus difficile avec des cailloux à l'intérieur. Alors forcément, je boitille. Pour faire plaisir au Dieu du jeune curé.

Je me demande si j'ai bien fait. D'un côté, il y a Dieu et le nouveau curé, et de l'autre, il y a cette interrogation : pourquoi souffrir ? Cet amour dans la souffrance, je ne le comprends pas. Quand notre vieux curé reviendra, il m'expliquera. Lui saura. En attendant, je me félicite de n'avoir mis des cailloux que dans la chaussure gauche. En appuyant sur le pied droit pour une grande enjambée et en posant à peine le pied gauche pour un petit pas, ça va. Pas fier d'avoir triché mais bien content de ne pas avoir trop mal. Comme dit mon oncle Armand : « Chaque problème a sa solution. Problème après problème, solution après solution. » J'ai retenu le conseil. Et j'ai moins mal aux pieds. J'irai me confesser quand notre vrai curé sera de retour.

Voilà le village, la porte cochère du boulanger, le jardin d'Henri, le fossoyeur. Tous les ans, il installe un manège pour les enfants, à la fête du bourg. Il l'a construit de ses mains et c'est lui qui le fait tourner en poussant avec les bras. C'est gratuit. Il aime beaucoup les enfants : « Les enfants, c'est la vie ! » Et les enfants l'aiment beaucoup. Et voilà la boutique de Madame Aimée. Elle vend toutes sortes de choses. Ce que je préfère ce sont les rouleaux de réglisse noire avec une boule de couleur au centre. Vraiment bon.

La place avec les grands platanes et l'église, enfin. À la messe, il y aura les filles de l'école catholique, sur les bancs à gauche, et quelques femmes voilées de noir, à droite. Peut-être aussi un vieux ou deux. Il y aura surtout Marie.

Je vis avec Marie.

Le jour, la nuit, Marie est là, présente dans ma tête. Toute blanche, toute rose, toute sourire, toute lumière. Toute, toute, toute...

La première fois que je l'ai vue, j'ai senti comme un frisson, un éclair. Je sais que ça peut paraître bête mais c'est pourtant la vraie vérité. C'était à un moment difficile du service de la messe. Il me fallait monter trois marches vers l'autel à gauche, prendre l'énorme livre de prières, puis redescendre, faire la génuflexion et me déplacer à droite pour à nouveau gravir les trois marches et reposer le livre sacré. En faisant attention à ne pas glisser avec mes semelles ferrées et ma soutane rouge trop longue qui traîne (je ne suis pas grand, pas assez, selon moi), et la vue à moitié bouchée par le missel géant.

C'est à ce moment précis, en redescendant, que je l'ai vue. Au milieu des autres filles. Mais je n'ai vu qu'elle, ses cheveux d'or, ses yeux clairs, son sourire paisible ; un rayon de soleil à travers le vitrail la colorait de rose. Les marches m'ont alors paru si hautes et le livre si lourd que soudain la peur de tomber m'a saisi tout entier. Et je suis resté figé, bloqué sur place, paralysé. J'étais ailleurs, dans un autre monde, un autre temps, immobile et brûlant.

« Alors, qu'est-ce que tu attends ? » Ce que j'attendais ? Mais qu'elle se lève, se précipite vers moi en riant, qu'elle me prenne la main et que nous partions ensemble en courant vers la porte, vers la lumière, légers comme des souffles confondus. « Ça vient ? » Il y eut un murmure dans l'église, des petits rires de filles. Et le regard dur du jeune curé... Je sentis comme une déchirure. La tête pleine de brouillard, j'ai regardé Marie. Elle ne souriait pas. Elle me fixait intensément. Jusqu'à la fin des jours, je garderai cette image de Marie au fond de moi. Toute ma vie, je le sais.

« *Dominus vobiscum. Et cum spiritu tuo.* »

Et puis les bruits sont revenus. Une chaise qui grince, le cri de la corneille du clocher. Mes jambes se sont remises en marche et j'ai posé le livre à sa place. Voilà comment j'ai connu Marie. Et dans quelques minutes, je vais la revoir. Et voilà pourquoi je cours maintenant comme jamais. En riant.

Je n'ai plus mal aux pieds.

J'ai huit ans et demi. Et le bonheur est en moi.

Chapitre 2

Tant qu'il y aura des étoiles sous la voûte des cieux, y aura dans la nuit sans voiles du bonheur pour les gueux.

A. Hornez, H. Vendresse, V. Scotto

Le feu ne s'éteint jamais. Été comme hiver, il y a toujours deux ou trois bûches qui rougissent dans la cheminée. Une brassée de sarments de vigne le matin sur les braises de la nuit, et le voilà reparti, avec les deux sœurs jumelles en sentinelle, les deux marmites noircies de suie et de fumée, l'une en haut accrochée à la crémaillère pour la pâtée du cochon et l'autre en bas sur les dalles du foyer pour l'eau chaude.

En cette fin de journée de juin, alors qu'il fait encore grand jour, le feu brûle toujours, avec, de temps en temps, des craquements discrets. Comme hier, comme demain.

En face de la cheminée, à l'autre bout de la grande pièce où nous sommes réunis pour le souper, s'étire la longue table de bois avec ses bancs de chaque côté et la chaise au bout, dos à la fenêtre.

C'est là que siège le vieux Pierre. C'est lui qui préside. Lui qui, après avoir tracé une croix sur la croûte du bout de la lame, coupe en larges tranches la boule de pain coincée à la verticale devant lui dans le tiroir entrouvert. Le vieux Pierre, c'est le domestique de la ferme. Mais, quand on lui parle, on lui dit « vous ». Mon oncle Armand est assis à sa gauche, dos au mur ; je suis à son côté. L'oncle René est sur l'autre banc, en face. Et tante Charlotte est partout à la fois, tantôt assise, tantôt debout, dans un va-et-vient incessant entre la table et la petite cuisine du fond.

Les hommes ont enlevé leur casquette, ce qui leur donne un drôle d'air avec leur front tout blanc faute d'avoir vu le soleil. À chaque fois, à ce moment, je pense aux œufs dans les coquetiers dont on ne voit que le haut... Les couteaux sont sortis des poches, ouverts, frappés délicatement sur le bord de la table pour faire tomber les brins d'herbe ou de tabac coincés dans la rainure du manche. Moi, je n'en ai pas encore. « Plus tard, quand tu seras grand ! » La bouteille de vin qu'Armand est allé remplir au chai est posée, bien au centre, à côté de la cruche d'eau. Tout est en place, le repas peut commencer, comme chaque jour.

Mais aujourd'hui, c'est la Saint-Pierre, et ce soir n'est pas un soir ordinaire. Pour preuve l'énorme oignon fumant bardé de lard qui trône au creux de l'assiette du vieux Pierre. L'oignon, c'est son faible. Il dit « mon péché ». Les autres péchés de Pierre sont les poires, toutes les poires. Mais avant tout, la « duchesse d'Angoulême ». Pour lui, cette duchesse est une reine. Ce n'est hélas pas encore la saison. Plus tard. En attendant, ce soir, il y aura du « pain doré ». Tante Charlotte me l'a dit en confidence, histoire de me faire saliver.

C'est elle qui m'a raconté l'histoire du vieux Pierre : comment, orphelin à quinze ans, il est venu à la ferme pour « louer ses bras » ; comment le grand-père Léonce, qui est mort maintenant, s'est pris d'amitié pour lui ; comment Léonce et Pierre se sont battus pour faire revivre les terres après la catastrophe du phylloxéra qui ruina tant de paysans d'ici ; comment ensemble, à force de sueur et d'intelligence, ils ont redonné l'espoir à la famille.

Et voilà pourquoi on dit « vous » à Pierre, le domestique, le compagnon de Léonce, le sauveur du domaine, pourquoi ce soir il préside la table comme à chaque repas, chaque jour. La bataille avait été rude et le vieux Pierre n'avait guère eu le temps de penser à lui, à la famille qu'il aurait pu fonder, lui l'orphelin. Il y avait pourtant eu cette histoire que m'a confiée Camille, le journalier, l'histoire de la « Belette », une fille du Pays bas rencontrée un jour de foire à Cognac, avant la Grande Guerre.

« Brune comme la nuit », dit Camille. Mais la Belette a finalement donné la préférence à un garçon de chez elle. « Ceux du Pays bas sont des sans-parole. Des fainéants. Tu sais petit, je crois bien que Pierre n'a pas tenu de femme dans ses bras depuis ces jours maudits. »

L'image de Marie s'est d'un coup imposée dans ma tête. Dieu me protège !

Le vieux Pierre et Camille, je les vois toujours ensemble, marchant, travaillant côte à côte comme un attelage de bœufs, larges ceintures de flanelle autour des reins, casquettes en tête, brouettes ou fourches à la main. Et ensemble, quand le travail le permet, ils vont à Cognac pour la foire. Sept kilomètres en char à banc tiré par Coquette, la jument. Au retour, le soir, Camille arbore une moustache plus raide que jamais, les pointes à l'horizontale, durcie de pommade achetée à la ville. « En souvenir de l'Empereur. Nous l'avons chassé. Total : pour nous punir, Dieu a envoyé le phylloxéra ! » Hochement de tête de Pierre, les yeux plissés d'un sourire : la vigne était morte, c'est vrai, mais la vigne vit de nouveau ; le colombard, le balzat, la folle blanche à petits grains ont repeuplé les coteaux. Et chaque année, le cognac sort de la distillerie. Grâce au grand-père Léonce. Et grâce à lui, Pierre. C'est sa victoire, l'honneur de sa vie, sa raison d'être. Encore maintenant il dort à la chaufferie, dans une pièce qu'il a lui-même aménagée, à deux pas de l'alambic à col-de-cygne.

« Venez vous installer à la maison, Pierre. Vous serez mieux. Vous occuperez la chambre de Léonce. Elle vous revient. » Et à chaque fois, la même réponse : « Ce n'est pas un endroit pour moi ! Non, ce ne serait pas bien. » Le vieux Pierre vit donc toujours dans sa petite chambre blanchie à la chaux, dans le froid de l'hiver et la chaleur de l'été. Imperturbable. À presque soixante-quinze ans. « Le Bon Dieu m'a oublié », sourit-il, la malice au coin des lèvres.

Il n'y a plus de pain doré. Tout a été mangé, dévoré. J'en ai eu plus que ma part. Armand se lève pour saisir la carafe sur l'étagère de l'angle. C'est le moment de l'eau-de-vie blanche, la goutte. L'ultime moment du souper, répété soir après soir, comme une cérémonie.

« Petit Pierre, dit alors tante Charlotte, tu auras bientôt neuf ans. Te voilà presque un homme. Aujourd'hui c'est la Saint-Pierre. Alors voilà... » L'oncle Armand fait mine de chercher quelque chose dans sa poche. J'entrevois un éclair doré dans sa main. La « chose » passe dans la main du vieux Pierre, puis dans celle de René. Et enfin devant moi, sur la table, à la place de l'assiette que Charlotte vient d'escamoter, je le vois, superbe. Un couteau, étincelant avec son manche de cuivre où des chiens sous les arbres poursuivent un grand cerf qui s'enfuit vers... la lame.

Tous sourient, moi pas, la gorge serrée. J'ai un couteau, à moi. Il sera dans ma poche, tout le temps. À table, je l'ouvrirai comme font les hommes. Je le taperai d'un petit coup sec sur le tranchant du bois. C'est plus qu'un couteau. C'est le signe qu'enfin j'appartiens maintenant au monde des Grands. Je suis fier. Ah, si papa et maman étaient là, s'ils pouvaient me voir : ils seraient fiers eux aussi.

« Alors ? » Le souffle m'est revenu et, d'une petite voix hésitante que je ne connaissais pas, j'ai seulement dit : « Merci. » Tante Charlotte a écrasé une larme du coin de son tablier fleuri.

Les hommes se lèvent ; comme tous les soirs, ils vont sortir dans la cour. Et dès la nuit tombée, ils pisseront à deux pas du vieux marronnier, visage levé vers le ciel pour tenter de deviner le temps qu'il fera demain. « Alors tu viens ? Tu peux si tu veux. » Si je voulais ? Bien sûr que je voulais. Ça faisait des siècles que j'attendais ce moment. J'avais enfin ma place dans le cercle des hommes. Dans la marche du temps, dans la ronde du ciel...

Nez en l'air, je pense soudain à la phrase que nous répète souvent Monsieur Griffarin : « Il faut croire à son étoile ! » Je scrute la nuit, une nuit de juin, légère, piquée de mille et mille étoiles. Un rien d'inquiétude vient alors brouiller mon bonheur tout neuf. Mon étoile ? Mais quelle étoile ? Où est-elle ? Quelle vie me réserve-t-elle ? Et sans comprendre pourquoi, je me suis soudain senti faible et fragile. Petit, comme avant.

Je mis longtemps ce soir-là à m'endormir.

Et de rêver à Marie.

Chapitre 3

> Nous jurons, nous tes gars, de servir et de suivre tes pas. Maréchal, nous voilà !

Pistolet au ceinturon et veste de cuir noir, c'est la dernière image que je garde de mon père. Il partait à la guerre, comme tous les pères du quartier. Depuis ce temps-là, je ne l'ai pas revu. Et il me manque.

Un beau matin de mai, une lettre est arrivée à la maison. Je revois ma mère la lire et la relire. « Il est blessé, il est sauvé ! » Elle sanglotait, elle riait, marchant à grands pas dans notre petit jardin. Son beau visage sillonné de larmes. « Il est blessé, il est sauvé... » Moi aussi, j'ai été blessé, quand j'étais tout petit. Un verre à la main, je tombe. Le verre se casse et un éclat pointu s'enfonce dans la joue, juste en dessous de l'œil gauche. Ça m'a fait mal. Ce n'était pas drôle. Comment ma mère pouvait-elle se réjouir que mon père soit blessé ? Les grandes personnes sont souvent étranges. Je me blottis contre ma mère. Elle me caresse les cheveux avec tendresse. Les pleurs s'apaisent.

Où sont mes parents maintenant ? J'ai soif de leurs baisers, de leurs caresses. J'entends encore leurs voix : « Petit Pierre, viens ici... Lave tes mains... Mon petit ange... Tu vas tomber !... Laisse le chat tranquille. » Le chat est une chatte. Elle s'appelle Souris ; une demi-angora, d'après ma mère. Elle est superbe avec sa fourrure gris doré, épaisse, soyeuse, qui lui fait de petits yeux au-dessus d'un museau rose pâle. Au moment des devoirs du soir, alors que j'étais penché sur la table, le nez sur mon cahier, elle s'installait sur ma nuque et mes épaules, me polissant l'oreille de sa langue râpeuse. Il ne fallait surtout pas que je bouge. Nous ronronnions ensemble. C'était bien. Qu'est-elle devenue, Souris ?

« Ne t'inquiète pas, répète tante Charlotte. La guerre va bientôt finir et tout reviendra comme avant. » Bientôt. C'est quand, bientôt ? J'espère que je ne serai pas trop grand alors. Bien sûr, je veux grandir, et vite. Mais en même temps, je voudrais rester encore un peu le Petit Pierre qui saute sur les genoux de sa maman en quête d'un câlin. Ou sur le dos de son père pour un galop débridé entre les salades du jardin.

De ce temps d'avant, il me reste des bouts d'image. La grande école où j'entrais pour la première fois. La cour immense, carrée, fermée de bâtiments à hautes fenêtres. Le portrait géant du maréchal Pétain accroché à la façade. Monsieur le Directeur avec sa canne. Et nous, les enfants, en rangs parallèles, face au vieux soldat en képi, les moustaches blanches de bon grand-père, la voix nasillarde à travers le haut-parleur. Que disait-il ? Aucun souvenir. J'attendais impatiemment le moment où, enfin, seraient distribués comme après chaque discours les gâteaux secs, les « biscuits vitaminés », bien durs, bien croquants. J'en ai encore le goût sur la langue.

« C'est vrai que le Maréchal est le sauveur de la France ? » Silence. Je sens qu'on me regarde, surpris. « Pourquoi demandes-tu ça ? » dit Armand. Et moi : « À cause de la chanson : "Maréchal, nous voilà devant toi le sauveur de la France." » Re-silence. L'oncle René pose son journal. Le facteur le lui apporte chaque matin et chaque matin, il le lit de la première à la dernière ligne. Quand on veut savoir quelque chose, il suffit de l'interroger, l'oncle René a la réponse. Pour moi, c'est un savant.

Il glisse son couteau dans sa poche droite, s'éclaircit la gorge. Il va parler. Et chacun, un peu surpris, de prendre un air attentif. René parle rarement, pour ne pas dire jamais, sauf quand on l'interroge, bien sûr. On dit qu'il est « taiseux ».

« Il n'était pas comme ça avant, dit tante Charlotte. Il riait, plaisantait, toujours de bonne humeur, toujours à l'ouvrage ! » « Avant », c'est avant le « grand malheur ». Charlotte m'a tout raconté :

« René, c'est le fils de Léonce. C'est lui qui devait reprendre la terre. Blanche, qu'il connaissait depuis l'enfance, lui était promise. Ils s'aimaient. Les noces étaient prévues au retour de René du service militaire, en 1915. La Grande Guerre a tout ruiné ! » La mobilisation, la terre délaissée faute de bras. Et là-bas, au front, les tranchées, les morts, Verdun. Et les gaz...

L'oncle René a failli mourir asphyxié. Il s'est mis à grossir. Chaque effort s'est fait souffrance. Le souffle court, la démarche incertaine, c'est un presque infirme qui est revenu de guerre. Et pour vivre un nouveau drame : Blanche, sa Blanche, emportée par la grippe espagnole.

« Il y a vingt-cinq ans. Mais son cœur saigne toujours, soupire Charlotte. Un grand malheur. » Depuis, René ne parle plus. Ou presque plus. Moi, j'ai de la chance avec lui. Parfois, il me prend à part et me raconte l'avenir. Ce sera bien. Les gens seront heureux. Ensemble, nous feuilletons un grand livre qu'il garde dans sa chambre : *L'Exposition des arts et techniques de Paris*. « C'était en 1937 », m'explique-t-il. Sur une photo, on voit des messieurs sérieux, marchant en rangs serrés, tous couronnés de haut-de-forme brillant au soleil. Le public applaudit.

« J'étais là quand M. Albert Lebrun, le président de la République, a inauguré le nouveau palais de Chaillot. Tous les pays du monde étaient présents, tout au long de la Seine. Des fontaines par dizaines. Et la nuit, de la lumière partout. Les bateaux, les pavillons, la tour Eiffel, le Grand Palais. Des milliers de drapeaux. C'était magnifique ! »

L'oncle René croit au progrès. Dans la grande pièce de la maison, sur le mur à côté de la vieille horloge, il a accroché une image en couleurs du *Normandie.* « Le plus grand, le plus rapide paquebot du monde. Il a gagné le ruban bleu. » Une longue coque noire, effilée, des ponts éclatants de blancheur et trois cheminées majestueuses, rouge et noir. « Le *Normandie* est mort maintenant. À cause de l'incendie. Mais après la guerre, il faudra en construire un autre. Encore plus grand, encore plus rapide... Tu sais, Petit Pierre, la France n'est pas foutue. Elle vivra. Faut pas trop regarder derrière. La vie est devant. Toujours. » Et le Maréchal ? A-t-il, oui ou non, sauvé la France ?

Tous guettent René.

« Le Maréchal était avec nous, à Verdun.

Avec lui, l'espoir est revenu. Et la victoire. Les Français l'ont payée cher, cette victoire. Des centaines et des centaines de milliers de morts, de familles brisées, des veuves, des orphelins... Alors quand tout a recommencé en 40 : les combats, la trahison, la débandade, l'exode, les boches à Paris... Oui, les Français ont été bien heureux de retrouver le vieux Pétain. C'était un vrai patriote, lui. Un homme propre... Et puis tu sais, le Maréchal, c'est un homme de la terre, comme nous ! »

Nouveau silence. L'oncle Armand s'agite sur son banc.

René reprend : « Mais maintenant le Maréchal est vieux, trop vieux. Ce n'est plus le même homme. Il y a de drôles d'oiseaux autour de lui. De mauvais Français. Comme ce Laval, l'ami des boches... »

Armand lance : « L'Auvergnat nous a vendus aux doryphores ! »

Je souris. On croirait un de ces messages qu'on entend le soir à la radio de Londres. « Les Français se sont bien battus en 40, dit Armand. Mais ils ont été trompés, trahis, humiliés. Un jour, il faudra faire les comptes. Quand la France sera libérée. Quand le général de Gaulle sera là ! »

Là-dessus, tout ayant été dit, chacun quitte la maison et s'en va à son ouvrage, sans rien ajouter. Resté seul, je réfléchis un moment. Un temps, j'avais envisagé de faire maréchal, plus tard, quand je serai grand.

Maintenant, tout bien pesé, je me dis que général, peut-être...

Chapitre 4

> Qui mérite le nom de sage ? Celui qui trouve quelque chose à apprendre de chaque homme.
>
> LA MISHNA

Dans notre bande, tout le monde a un surnom. Moi, c'est Petit Pierre. Maurice Labbé, qui habite dans la ferme d'à côté et qui chante tout le temps, c'est Momo. Bubu, c'est Simon Burger.

Il est arrivé au village un peu après moi, à la fin de 1942. Tout seul. Il vit chez Louis, le maréchal-ferrant du champ de foire. Nous sommes dans la même classe à l'école. Monsieur Griffarin est notre maître. « Séfère mais juste », dit Bubu, avec sa drôle de façon de parler. On se moque souvent de lui, pour rire. À cause de son accent bizarre.

Le quatrième de la bande s'appelle Boutrit. Boutrit tout court ou le Grand Boutrit. Toujours en mouvement, toujours prêt à inventer une blague ou un jeu nouveau. Il dit « une aventure ». Son royaume à Boutrit, c'est le bois de la Motte, de l'autre côté de la grande pente, au nord du village. Un bois touffu, sombre, inquiétant. Ma tante Charlotte affirme qu'il y a longtemps, des siècles et des siècles, une géante qui passait par là a laissé tomber de son tablier la colline où bientôt a poussé la forêt. Je ne crois pas beaucoup à son histoire. N'empêche que j'ai toujours un peu peur de m'aventurer sous les arbres où se cachent des serpents énormes. Au moins deux mètres de long. Ils attendent dans les branches et quand passe quelqu'un, un chasseur, un chercheur de champignons, un enfant, n'importe qui, ils se laissent tomber sur ses épaules en sifflant. On les appelle d'ailleurs des « silans ». Terrifiant.

Le Grand Boutrit dit que ce sont des racontars, « des histoires de vieilles mémés », que les silans sont inoffensifs, qu'ils cherchent la compagnie des humains, surtout celle des enfants, qu'ils aiment la chaleur de leur peau et que lui, Boutrit, il en porte souvent un caché sous sa chemise.

Le Grand Boutrit est comme ça, vantard, bavard, rarement de l'avis des autres, petits ou grands. Mais pour les silans, je crois qu'il dit vrai. Un jour, il a ouvert sa chemise. Il avait en effet un serpent autour de la taille, le dos vert clair et le ventre blanc. Mais un petit. À peine plus d'un mètre. Et le serpent dormait, bien au chaud. Boutrit riait à voir nos têtes.

Boutrit nous étonne toujours. Et nous inquiète aussi un peu. Il a toujours une idée en tête, une « aventure ». Ce jour-là, Boutrit, Momo, Bubu et moi avons conduit les vaches dans les prés du vallon, au bas du bois de la Motte. Boutrit a alors déclaré qu'il fallait « faire la cérémonie ».

La cérémonie se déroule toujours de la même façon. D'abord, nous allons dans les sous-bois chercher de la « vioche », une espèce de liane poreuse. Il faut la choisir sèche, la plus sèche possible. On la coupe en tronçons d'une dizaine de centimètres. Et, assis en cercle, sans parler, nous allumons nos « cigares », en essayant de ne pas tousser trop... Boutrit n'aime pas qu'on tousse.

Après quoi, la tête enfumée, nous partons à la chasse aux orvets, en bas du champ, dans la partie toujours humide. Ce sont des petits serpents de verre. Ils se cassent dès qu'on les touche. Il est rare d'en trouver, seulement les bons jours.

Ensuite, nous attaquons en poussant des cris féroces les Indiens qui se cachent depuis des semaines et des semaines dans les bûches assemblées en carré, à la sortie de la forêt. Nous crions si fort qu'aucun Indien n'a jamais osé sortir des tas de bois. Pourtant, ils sont là. Parfois, on trouve une plume ou deux.

Enfin, tout gonflés de notre conduite héroïque, nous allons vers la voie ferrée où passe la micheline du CFD. CFD veut dire « chemin de fer départemental ». Mon oncle Armand affirme, lui, qu'il faut comprendre « compagnie foutue d'avance ». C'est un moqueur.

Sur les rails, nous disposons des bâtons en travers, des morceaux de ferraille récupérés à la forge, et parfois même une pièce ou deux, celles avec un trou au milieu. Avec une pièce, on peut acheter un rouleau de réglisse chez Madame Aimée, l'épicière de la place de l'Église. C'est un gros sacrifice mais Boutrit dit que c'est nécessaire, que la cérémonie l'exige et qu'une pièce aplatie comme une feuille, glissée dans la poche, porte bonheur presque autant qu'une queue d'angrotte, ce lézard des vieux murs. Il est très difficile de contrarier Boutrit mais c'est un bon, un vrai copain. Seulement un peu bizarre. Quand le train arrive, Boutrit se met tout nu. Il court, il danse, il saute en battant l'air avec ses bras, en poussant des cris aigus. Le train passe et la cérémonie s'achève.

De temps en temps, rarement, Boutrit décide d'organiser un concours de « boutiques ». Il s'agit d'abord de voir qui pisse le plus loin. La bonne méthode consiste à boire le plus d'eau possible à la source du bas.

Quand l'envie devient pressante, attendre, attendre encore jusqu'à avoir mal. Et, d'un coup, se libérer. Nous avons souvent réussi des jets superbes. Ensuite, on mesure nos boutiques. Avec des herbes. En long, par-dessus, par-dessous, en travers. Évidemment, c'est Boutrit qui gagne. Il est le plus grand, le plus fort, c'est normal. Normal mais injuste aussi.

Quand Simon « Bubu » a joué à la boutique la première fois, nous avons tous eu une surprise : lui et nous. La boutique de Bubu est différente, bizarre. Ni plus grande ni plus petite mais plus nue. Comme pas finie. Il manque quelque chose au bout. Nous avons comparé longuement nos appendices, sans bien comprendre.

J'en ai parlé à mon oncle Armand. Il a d'abord fait le sourd. Et puis, au bout d'un temps, l'œil malicieux, il a dit : « C'est normal. Ton Bubu est alsacien ! » L'explication m'a surpris. Mon copain Bubu n'est pas fini parce qu'il est alsacien. Est-ce que tous les Alsaciens ont des boutiques comme Bubu ? « Demande donc au curé ! »

Notre vieux curé était de retour, justement. Le Bon Dieu l'avait remis sur pied. Il était là de nouveau, en pleine forme, à l'entrée de l'église pour nous accueillir. Après la messe, un peu gêné, j'ai osé lui parler, lui demander pour Bubu, pour sa boutique, pour les Alsaciens. Il y a eu un grand silence. Et puis : « Ton oncle a raison. Mais il ne faut pas en parler. C'est un secret de grande personne. Promets-moi de n'en pas parler. Jamais. » J'ai promis. Et le bon curé d'ajouter avec un large sourire : « Tu sais, le Christ aussi était alsacien. » Incroyable ! Jésus était alsacien et je ne le savais pas ! « Tu comprendras plus tard. N'oublie pas ta promesse. Il ne faut rien dire. À personne. Jésus t'aime. »

J'ai tenu parole. Je n'ai rien dit, à personne. Mais ce secret m'a longtemps pesé sur la langue.

Chapitre 5

> Et tu bois cet alcool brûlant comme [ta vie.
> Ta vie que tu bois comme une [eau-de-vie.
>
> G. APOLLINAIRE

« Demain, on tue Adolf ! »

L'oncle Armand a versé la goutte, comme chaque soir après le repas. Le vieux Pierre parle et tous l'écoutent. « Voilà, j'ai causé au père Élysée. Il dit que c'est le moment. La lune est bonne. » Les têtes basculent en avant, en signe d'accord. On tuera donc Adolf demain, Adolf IV le cochon. Il est gros et gras, tout arrondi des pâtées et du petit-lait avalés à grand bruit, jour après jour. Sa gloutonnerie a fait son malheur. « Il a bien profité, dit Charlotte. C'est un brave goret. Il fera de l'usage. »

Je ne sais trop que penser. Pour la mort d'Adolf III, j'ai fui. J'ai couru loin de la maison, de l'autre côté de la haie de noisetiers, pour ne plus entendre les cris du sacrifié. Comme des cris d'enfant, stridents, déchirants de détresse. Le malheureux Adolf avait tout compris avant même d'avoir aperçu le long couteau effilé qui allait le saigner... Ce fut pour moi un moment d'angoisse insupportable. Je me suis donc enfui pour ne plus l'entendre. Et demain, je m'enfuirai encore. Et puis, je reviendrai, comme la dernière fois. Pour partager la fête... Depuis peu, je sais que la vie succède à la mort.

Je les imagine déjà, tous, partageant la même ardeur joyeuse, chacun sachant exactement ce qu'il doit faire : couper, trancher, hacher, faire griller ou frire ou rôtir... Les jambons, les côtelettes, les boudins, les saucisses et les grillons et le graton... Déjà je respire les odeurs, les parfums qui donnent faim, j'entends les bruits, les rires, le feu qui craque dans la cheminée. La fête !

Le père Élysée possède un vieux four de pierre, rond à demi, à deux pas de la ferme. Le feu y sera allumé cette nuit. Et demain, les pâtés cuiront paisiblement dans leurs terrines, couleur de châtaigne. J'en goûterai de bon appétit, avec gourmandise. Pauvre Adolf !

Dans ce moment, chacun mesure l'importance du père Élysée. C'est lui qui ouvre le bal, lui qui lance la ronde des couteaux et des feux. Il est Celui qui sait. Je l'écoute : « La lune est une femme, faite de mystères, riche de secrets que peu d'hommes peuvent comprendre. La lune a tellement de force en elle qu'elle peut faire le mal sans le vouloir. Il faut être patient, savoir attendre. Qu'elle soit rendue à la fin, la vieille lune n'est plus dangereuse. C'est alors le moment juste pour agir. »

La route d'Adolf s'arrêtera donc là. C'est écrit.

À entendre le père Élysée, le monde est une sorte de marmite immense, fourmillante, où tout s'entrechoque, se combine : le ciel et la terre, les hommes et les bêtes, les arbres et les pierres, l'eau et le feu. Et le loin et le près, hier et demain, la vie et la mort... Enchevêtrés, confondus dans un tout unique, sans limites, insaisissable mais pourtant « réglé comme une montre ». C'est une étrange mécanique ! La vérité du monde nous échappe le plus souvent, aveuglés que nous sommes par les apparences qui ne sont que tromperies. Il faut savoir être humble, attentif, guetter le plus petit signe, aussi mince, aussi insignifiant nous semble-t-il. Peut-être est-il la clé qui ouvre l'universelle boîte aux mystères.

« Les abeilles font du miel même avec les orties ! » Ainsi parle le père Élysée, parfois le soir à la veillée, à voix basse, lentement, les yeux clairs plissés sous d'épais sourcils gris, chapeau melon en tête, le pouce droit caressant la chaîne d'or de sa montre gousset.

Mes idées s'embrouillent. Dans l'instant, je sens tout, je comprends tout. Et la seconde d'après ma tête se trouble. Il ne me reste bientôt plus en mémoire que quelques lambeaux de son discours. J'ai beau avoir plus de huit ans et demi, posséder un couteau à manche de cuivre, fumer la vioche sans (trop) tousser, il y a encore beaucoup de choses qui m'échappent. Je le sais.

Élysée m'étonne, m'embarrasse, mais il ne m'inquiète pas. Je sens en lui la bonté, une chaleur bienfaisante. Il me semble que nous partageons une connivence impalpable, fragile et forte à la fois. Quel genre d'homme est-il ? D'où lui vient son savoir ? De qui, de quoi tient-il ses pouvoirs ? L'oncle Armand, malice aux lèvres, a sa réponse : « Il y a du Sarrasin dans cet homme-là ! »

Avec les vendanges se joue un autre mystère. Au chant du coq, dans les premières brumes, à quelques jours de l'automne, les voilà partis, le Père Élysée, le vieux Pierre et Camille, le journalier. Ils s'enfoncent dans les rangs de vigne pour ne revenir qu'en fin de matinée, les bottes crottées. Avec, soigneusement répartis dans trois grands mouchoirs à carreaux rouges et blancs, des grains de raisin. Un mouchoir pour le colombard, un autre pour la folle blanche à petits grains et le dernier pour le balzat. Ce sont les trois cépages cultivés par la famille.

« C'est vrai que le colombard donne plus mais la folle blanche a son caractère ! » Paroles d'Armand.

Alors commence le cérémonial, à l'entrée du chai aux deux pressoirs : un très vieux d'avant le phylloxéra, et un autre acheté dans les années trente. Tous deux se manœuvrent à bras d'homme et il y faut de la vigueur.

Le père Élysée, à demi accroupi, dessine de sa main gauche un triangle dans la poussière. Et un rond dans le triangle. Au centre, il place un grain de raisin. Un autre grain prendra sa place, un autre encore. Et ainsi de suite. D'abord le colombard puis la folle, et le balzat enfin. À chaque étape, les hommes se penchent, observent je ne sais quoi, marmonnent deux ou trois mots et se relèvent sans autre commentaire. Le manège peut se répéter ainsi plusieurs jours de suite. Jusqu'au jour où le père Élysée, un rien solennel comme un curé disant sa messe, annonce : « Il est temps ! »

C'est alors que s'ouvre le ballet des charrettes, des paniers et des hottes, des cuves que l'on charge, des grappes qui s'entassent. De la ferme aux vignes, des vignes à la cave, du fouloir aux pressoirs. Jusqu'aux foudres, enfin, où le jus fermentera.

Une agitation intense et maîtrisée emporte la maison, la famille et les voisins venus en renfort. Et puis, au bout de tous ces jours d'efforts, la récompense. La troupe se rassemble autour des tréteaux dressés dans la grange. Pour boire et manger. Et rire et chanter. Mon copain Momo ouvre son « cahier de chansons » calligraphié à l'encre violette. Et tante Charlotte se lance. « Vous avez l'éclat de la rose et la fraîcheur du jasmin / La rouge églantine est éclose sur vos lèvres de carmin... »

Tout est donc écrit. Dans les trois côtés d'un triangle ! C'est un grand mystère. Comment comprendre ? Chacun y va de son explication :

L'oncle René : « Les trois âges de l'homme ? Le jeune, l'adulte et le vieillard... »

La tante Charlotte : « Je ne sais pas. Peut-être la Sainte-Trinité : le Père, le Fils et le Saint-Esprit... Demande donc à Armand. »

L'oncle Armand : « Tout ça, c'est des diableries ! Mais si ça fait leur affaire, moi, j'y vois pas malice... »

Reste le père Élysée : « Le cercle, c'est le ciel. Immense. Et enfermant le ciel, règne l'esprit : le triangle, le maître du monde. L'esprit est partout. Dans l'homme, dans l'animal, dans la pierre ou le brin d'herbe. Ou dans les grains de raisin que tu as vus. Voilà le grand mystère. Il faut voir pour savoir. Mais savoir n'est pas comprendre. Et comprendre est parfois dangereux. Il faut compter avec le temps, qu'il devienne ton complice. Toi, tu es encore trop tendre. Patiente ! On ne met pas, sans précaution, du vin nouveau dans un très vieux tonneau ! »

Élysée parle peu mais quand il parle...

N'empêche que je ne comprends rien à ces histoires de rond, de triangle, de ciel et de terre. Où sont donc passés les anges ? et Jésus ? Peut-être plus tard, quand je serai grand, y verrai-je plus clair. J'attendrai. Je ne suis pas pressé. Je sais maintenant qu'il faut souvent attendre pour que les choses se fassent. Une grande semaine pour que le moult fermente et que le vieux Pierre annonce : « Le vin est fait ! » De longs mois d'hiver pour que le vin brûle, jour et nuit, sans interruption, et qu'au sortir de l'alambic de cuivre coule l'eau-de-vie en un mince filet incolore, limpide. Des années et des années encore pour que l'alcool mûrisse dans les tonneaux de chêne (« du Limousin ! toujours », dit le vieux Pierre) à l'ombre des chais aux murs noircis, et que naisse le cognac, ambré, parfumé. « Unique », d'après l'oncle Armand. Et l'oncle René d'ajouter : « Il faut de la patience, de la ténacité. De la chance aussi pour échapper à la grêle, au gel, aux caprices de la pluie qui ne vient pas, ou trop tôt ou trop tard, au mildiou qui menace. »

La sueur séchée aux flammes de la brûlerie, la crainte du coup de feu, l'attente du moment exact – dont tout dépend – où il faudra « couper la tête et la queue » de la chauffe... Mais quand, enfin, le vieux Pierre agite l'alcool nouveau-né pour observer s'il « coule à trois perles », deux petites bulles cramponnées à une grosse, tout est dit. Les hommes ont fait leur ouvrage. Maintenant, c'est l'affaire du temps.

Au fil des ans, cette eau-de-vie encore fruste, râpeuse, se civilisera, s'arrondira. Elle devra se libérer d'une part d'elle-même – rendre du degré, abandonner du volume –, payer au ciel l'obligatoire tribut. Et le payer de bon cœur. « C'est la “part des anges” », conclut l'oncle Armand qui me tend un verre minuscule de vieux cognac.

« Tu as l'âge maintenant. »

Après le couteau, le cognac. Je progresse. La tête me tourne. C'est fort. « Pour le nouveau cognac, celui de cette année, il faudra patienter. Il sera tout juste bon pour tes fiançailles. Dans dix ou douze ans !... »

Mes fiançailles !

Je les regarde tous, les yeux grands ouverts. Et pourtant, je ne les vois plus. À cause du cognac ? La tête me tourne, je m'évade, je suis ailleurs.

C'est un jour de demain, de plus tard.

Dans une lumière tremblante, je marche. Marie est près de moi, à mon côté, toute pâle, les cheveux brodés de fleurs, un sourire paisible aux lèvres. Nous avançons dans un paysage laiteux, silencieux. Ils sont tous là, vêtus de craie : Charlotte, Armand, René, le vieux Pierre, Élysée et Boutrit, Bubu, Momo et Monsieur Griffarin, Louis le maréchal-ferrant, Madame Aimée l'épicière, et tous les autres. Ils forment une double haie et nous, au milieu, glissons vers notre vieux curé, juché sur un tonneau, en soutane blanche. « Bienvenue au pays des Anges ! »

J'entends la voix de tante Charlotte : « Allez, c'est l'heure. » Une voix lointaine. Je baigne dans un doux bonheur de coton. « C'est l'heure, Petit Pierre. Il faut aller dormir maintenant. » En un éclair, les sons rejaillissent. L'illusion se déchire, s'éloigne, s'efface. Adieu les anges ! Il me faudra encore compter beaucoup de temps avant de vous rejoindre...

Dans mon lit retrouvé, cette nuit, je dormirai d'une traite. Le corps lourd, la fièvre en tête, sans un rêve.

Chapitre 6

Mon ange qui veillez sur moi
Ô mon ange, ayez pitié de moi.

Bruno COQUATRIX, Jean FÉLINE

« Où est Dieu ?

– Dieu est partout, au ciel, sur la terre et en tous lieux. »

Nous sommes côte à côte, assis à la grande table. L'oncle Armand s'est préparé un grand verre de champoreau, mélange de café chaud et de vin rouge. Il le déguste à petites gorgées, entre les questions.

« Où est Dieu ? » Et moi de répondre. Je dois le faire avec la plus stricte exactitude. Tous les mots, et rien que les mots écrits dans le catéchisme. Sans me tromper. Sinon, il faut que je recommence, encore et encore. Jusqu'à la perfection. Armand l'exige et ça m'agace. Quelque chose m'échappe : mon oncle, qui ne met jamais les pieds à l'église, répète qu'il faut se méfier des curés et de leurs « simagrées » (c'est son mot !) et de tous les « culs-bénits » qui se frottent aux soutanes, met un point d'honneur, chaque fin de mercredi, à me faire réciter la leçon de catéchisme du lendemain.

« Tu vas à l'église, bien. Tu es enfant de chœur, très bien. C'est ton droit. Je suis républicain, je le respecte. Mais, toi, tu dois respecter ton choix ! Et selon moi, la meilleure façon de le faire, c'est encore d'être le premier. »

Et voilà pourquoi, chaque mercredi soir...

Si Dieu nous voit tous les deux, le nez dans le *Petit Catéchisme à l'usage des diocèses de France*, il doit bien s'amuser. J'apprécie beaucoup ces tête-à-tête avec l'oncle Armand, la conversation avec lui. Même quand il prend un ton grondeur.

« Tu as encore fait courir les vaches hier soir. Tu sais pourtant que c'est mauvais pour elles. Mauvais pour le lait ! »

Bien sûr que je le sais. Mais c'est plus fort que moi : le soir, quand la nuit tombe et que, de retour du pré, je passe à deux pas de la longue, épaisse palisse d'épines qui borde le chemin, j'ai peur. Je cours et les vaches avec moi. Le Grand Boutrit me l'a affirmé cent fois : les fourrés grouillent de bêtes gluantes, rampantes, malfaisantes. Les pires, ce sont les crapauds géants aux yeux rouges. Ils peuvent jeter leur venin à plus de dix mètres. Si on est touché, on devient aveugle. D'un coup. Alors je cours aussi vite que je le peux, la peur au ventre, fuyant tous les monstres du soir, dans l'espoir de me projeter au plus vite dans la chaleur rassurante de la maison. Tant pis pour le lait !

« Dieu voit-il tout ?

– Oui, Dieu voit tout, le passé, le présent, l'avenir, et jusqu'à nos plus secrètes pensées. »

Et ça, c'est vraiment très embêtant. Dieu doit savoir pour le lait, les vaches. Savoir que parfois, soudain, la trouille me saisit le corps. À l'église, je détourne les yeux pour ne pas voir les corps suppliciés des martyrs, sans tête, écartelés, brûlés, percés de flèches... Et le diable, le diable invisible et partout présent, qui rôde jour et nuit. Le grand-père de Boutrit lui a raconté qu'un jour un paysan habité par le démon, la tête en folie, a volé une hostie. Et qu'il l'a poignardée. Le sang s'est mis à couler, à couler, tant et tant que l'homme s'y est noyé...

J'aimerais être comme mon oncle Armand, grand, fort et solide. Je l'observe souvent quand il marche, sans se presser, puissamment, bâton à la main. Toujours habillé pareil : casquette gris et noir à carreaux, chemise à rayures sans col, veste de chasse brune et bottes de caoutchouc. Moustache fournie, drue, cendrée, strictement taillée à l'exacte largeur de la lèvre. Et toujours ce sourire, comme si rien ni personne ne pouvait l'atteindre. Lui, c'est certain, n'a jamais eu peur. « Bien sûr que si ! et plus d'une fois. Tu sais, Petit Pierre, sans peur on n'a pas de courage. »

Son calme m'impressionne.

Je l'ai vu une fois dans la grange aux grains faire la chasse aux rats. Avec un très long fouet de cuir, épais à la poignée et mince comme un fil au bout. Un geste bref, un claquement sec et un rat gît ventre en l'air. Raide mort. Parfois, nous allons à la chasse. Une chasse sans fusil. « Ceux de Vichy nous les ont volés : on a dû les déposer à la mairie dans la salle des mariages. Un bric-à-brac de pétoires, rien que des pétoires. » Armand souriait. « À croire qu'il n'y avait pas un seul fusil neuf dans la commune. M'est avis qu'on en reverra bientôt. Et plus tôt qu'on ne le croit ! » Il ne souriait plus.

Faute de fusil, mon oncle manie le gourdin. Il peut rester une heure immobile au bout d'un rang de vigne, comme figé dans la pierre. Et soudain, d'un coup, le malheureux lapin qui, comme à son habitude, trottinait sur son chemin coutumier, se retrouve futur héros d'un prochain civet.

Notre jeune curé, le tout sec, est contre la chasse. Il raconte qu'il n'y avait que des pêcheurs avec Jésus. Pas un seul chasseur. Et que ça signifie quelque chose. « Et saint Hubert, alors ! Qu'est-ce qu'il en fait de saint Hubert ? Ton petit curé est une bourrique. »

Tante Charlotte me dit souvent qu'elle est fière d'Armand, heureuse d'être sa femme. Même si elle n'a pu lui donner d'enfant. « Il aurait tant voulu un fils. Comme toi. Je sais sa peine. Et pourtant, il ne se plaint jamais. Ce n'est pas un homme ordinaire. Il en sait beaucoup sur le monde. Il a parcouru au moins la moitié de la terre, a rencontré des centaines d'hommes de toutes les couleurs. Il a fait les colonies. Il est même allé à Tombouctou... » Tombouctou, je connais. C'est un Charentais qui l'a découvert : René Caillié. Monsieur Griffarin nous l'a appris à l'école. Sur le mur de la classe, il a cloué une grande carte rigide, avec inscrit tout en haut : *L'Empire français*. On voit les colonies, de toutes les couleurs, avec des lettres majuscules : AOF, AEF. Moi aussi j'irai là-bas un jour.

Monsieur Griffarin nous a expliqué que nous les Français sommes allés apporter la civilisation à tous les pauvres enfants noirs qui ne savent ni lire ni écrire. « Ils en savent autant que nous, affirme Armand. Mais à leur manière. Ils savent tout de la nature, des arbres, des plantes, des animaux, du temps qu'il fera. Ce sont de bons paysans. Et ils chassent comme personne. Je les ai vus danser, rire et chanter. La civilisation, c'est bien. Apprendre à lire et écrire, je suis d'accord. Mais je me suis souvent demandé, quand j'étais là-bas avec eux, si on ferait pas mieux de les laisser vivre, avec leurs coutumes. Libres. Après tout, un homme est un homme. Mon idée, tout bien considéré, c'est que les Nègres sont des Blancs comme les autres ! »

« Quelles sont les plus parfaites créatures de Dieu ?

– Les plus parfaites créatures de Dieu sont les anges et les hommes. »

Je récite et Armand fume. Un tabac à sa façon. À cause des restrictions, il prépare lui-même son mélange : quelques feuilles de pied de tabac cultivé au jardin, séchées, découpées au rasoir en fines lamelles, de la barbe de garouille, des bouts d'une herbe dont j'ignore le nom et quelques pétales de coquelicot, « pour le goût ». On roule le tout par pincée, dans une mince feuille de papier presque transparent (« du Job, c'est le meilleur »), on donne un coup de pouce sur la molette du briquet à amadou, un grésillement et c'est la première bouffée. J'ignore quelle saveur a cette étrange cigarette mais rien qu'à l'odeur on peut s'en faire une idée. Pire que la vioche ! En voyant la fumée s'élever en lourdes volutes vers le ciel, je me dis que les yeux des anges vont bientôt se mettre à piquer.

« Les anges s'occupent-ils des hommes ?

– Oui, les anges s'occupent des hommes pour les diriger et les protéger. Chacun de nous a son ange gardien. »

Et ça, c'est bien. L'idée que tout le monde, moi, la famille, les copains, ait un ange gardien me plaît beaucoup. Je sais que ce n'est pas possible mais j'aimerais connaître l'ange gardien de Marie. Je lui dirais qu'il fasse très attention à elle, qu'il prenne très au sérieux son travail d'ange, qu'il fasse tout bien comme il faut. C'est très important pour moi. Et pour elle, bien sûr.

Ces histoires d'anges, ça n'emballe pas l'oncle Armand. Il prétend que « avec des songes pareils, on endort les hommes ». Nous devons apprendre à nous diriger tout seuls. Il n'est pas bon de raconter et de croire des histoires qui « mettent la paresse dans les têtes ». Réfléchir, penser, voilà ce qu'il faut faire. Et non pas « tout gober comme des brochets ». C'est le prix à payer pour être un homme libre.

L'attitude de mon oncle vis-à-vis de la religion me déconcerte un peu. J'ai bien compris qu'il y avait dans son discours une part de jeu, mais quand même. « Bah, il est comme ça. Ce n'est pas bien grave, m'a un jour expliqué le vieux curé. Vois au fond de son cœur : N'est-il pas juste et bon ? Ne peut-on pas compter sur lui quand le besoin est là ? Il peste parfois contre l'Église, et même contre moi. Mais je crois que Dieu sait quel genre d'homme il est, et qu'Il l'accepte comme il est. Pour tout dire, je suis certain que son ange gardien doit être bien heureux d'avoir à protéger un tel homme. Ne t'inquiète pas. Et rends plutôt grâce à Dieu de t'avoir donné un oncle de cette trempe, juste et bon : une belle âme ! »

C'est ce que je fais chaque soir dans mes prières avant de m'endormir.

Deo gratias.

Chapitre 7

Melpomene se parfume à l'héliotrope.

RADIO LONDRES

Comme si l'air se faisait plus rare. Respirer fait mal tant la gorge est serrée. Nous sommes figés sur nos bancs, tous les copains, le souffle court. Même la grande Marguerite, au fond de la classe, qui d'habitude ne s'intéresse à rien, ne comprend rien, a la larme à l'œil. C'est de la faute à Monsieur Griffarin. Il vient de nous raconter l'histoire de ce père loup qui pour sauver ses petits affronte les chasseurs. Ils le tuent. Au fusil et au couteau.

Tout en léchant le sang répandu sur sa bouche,
Et, sans daigner savoir comment il a péri,
Refermant ses grands yeux, meurt sans jeter
un cri.

C'est ur poème d'Alfred je ne sais qui. Terrible. A pleurer.

« Alors, les enfants, qu'en pensez-vous ? » Et nous : « C'est triste. C'est pas juste ! » Bubu lève le doigt. « Oui, Simon ? » « Le loup est mort mais... mais il est plus fort que la mort. Voilà ! » Qu'est-ce que Bubu a voulu dire ? « Simon a raison. Le loup, par son attitude face à la mort, a vaincu la mort. Il est un exemple, un modèle. Peut-être les petits loups plus tard voudront-ils se montrer fiers et dignes comme leur père. Vous vous rappelez l'histoire de Roland ? "Tous les preux étaient morts, mais aucun n'avait fui. [...] Roland, tu vas mourir, rends-toi, criait le More." Vous en souvenez-vous ? Roland s'est-il rendu ? Non ! Et c'est pourquoi on parle encore de lui de nos jours. C'est un héros, un exemple. Comme Bayard, Du Guesclin, Vercingétorix, Jeanne d'Arc. Et Gavroche. Et tous les autres qui sont restés debout dans l'épreuve. Tous ceux qui se sont battus et qui se battent encore aujourd'hui pour être libres ! C'est ça la vraie France, les enfants. Nous devons être dignes d'elle. Tous, grands et petits ! »

Dans ces moments-là, nous admirons Monsieur Griffarin. Il scande son discours d'éclats de voix, blouse en tempête, mèche grise tourbillonnante. Nous sommes avec lui, emportés : vive la France !

Un Français doit vivre pour elle
Pour elle un Français doit mourir !

Nous connaissons par cœur *Le Chant du départ*, *La Marseillaise*, *Le Régiment de Sambre et Meuse*, « ils couchaient sur la dure avec leurs sacs pour oreillers », des héros...

Bref, il n'y a pas plus patriotes que nous.

« Où se trouve la plus haute montagne d'Europe ?

– En France. C'est le mont Blanc.

– La plus grande dune ?

– En France. C'est le Pilat. »

Nous répondons d'une seule voix, tout gonflés de fierté. « Est-il un pays mieux dessiné, plus harmonieux ? Un hexagone, un magnifique hexagone. L'océan, des mers au sud et au nord, des montagnes et des plaines arrosées par des fleuves majestueux. Vous connaissez le nom des fleuves, les enfants ? » Nous connaissons. « Et le climat ? Ni trop chaud ni trop froid, juste comme il faut. La France est une œuvre d'art, ne l'oubliez jamais ! »

Et c'est notre pays, à nous les Français. Alors, bien sûr, il y a des jaloux, des envieux. Pour la troisième fois, les Allemands sont entrés chez nous. « Ils doivent partir ! » conclut Monsieur Griffarin.

Il suffit d'ailleurs de regarder la grande carte « L'Europe », sur le mur, à côté de « L'Empire français », pour constater que le mouvement est en marche. Les Alliés avancent partout. Et avec eux, les épingles et les punaises. Bleues pour les Français, rouges pour les Alliés et noires pour les Allemands. Il y a encore beaucoup plus de rouge et de noir que de bleu. La Corse, seule, est toute bleue. C'est à moi qu'est revenu le droit (« l'honneur, Pierre, le grand honneur »), dès la rentrée de septembre dernier, de planter la première épingle bleue de la liberté, en plein cœur d'Ajaccio, chez l'empereur Napoléon Ier. Ce n'est pas rien ! Petit à petit, les punaises se sont mises à grignoter l'Italie, en route vers le nord. Et puis, enfin, ce fut la Normandie, le débarquement.

Nous apprenons de nouveaux noms : l'Orne, la Vire, Arromanches, Courseulles, Bayeux, Port-en-Bessin, Carentan, Saint-Lô et Sainte-Mère-Église. « Mais non ! Les anges n'y sont pour rien. Quelle question ! » Monsieur Griffarin a l'air agacé. Pourtant, il faut que je sache. Pour les Français, ça va. Mais les autres ? Les Américains, les Anglais, les Canadiens ? Ont-ils, eux aussi, des anges gardiens ? Et les Allemands ? C'est écrit dans le catéchisme : « Chaque homme a son ange gardien. » Donc, les Allemands aussi.

« Les bons anges s'occupent des hommes pour les diriger et les protéger. » Alors ? Et d'un coup, j'ai compris. Les Allemands n'ont pas les bons ! Ils n'ont vraiment pas de chance. Et nous non plus, du coup. Je me dis que là-haut, dans le ciel, la bataille doit être terrible, entre les bons et les mauvais, comme ici, sur terre.

Enfin les vacances.

Monsieur Griffarin va fermer notre école. « Je suis très content de vous, les enfants. Toute cette année, vous avez fait de votre mieux. C'est bien. Très bien. » Et là-dessus, à notre grande surprise, il nous serre la main, à nous les garçons, et embrasse la grande Marguerite dont, du coup, les joues se colorent. Petit pincement au cœur. C'est fini. Un dernier coup d'œil à la carte : les punaises n'ont guère bougé ces derniers jours. Que se passe-t-il en Normandie ? Comment savoir ?

Heureusement, il y a la TSF. Pas un jour sans que nous ne l'écoutions à la ferme, comme tout le monde au village. Chaque soir, c'est Radio Paris à huit heures et, vers huit heures et demie, la radio de Londres. C'est interdit mais on s'en moque. Notre poste a fière allure, carré, imposant, avec un « œil magique » d'un vert tendre. Sur le dessus s'étale un napperon de dentelle blanche brodé par tante Charlotte. Et sur le napperon, le « cadre » de l'oncle René. Pour lutter contre la serinette du brouillage allemand. C'est une construction fragile de tiges de bois clair assemblées en croix par un écheveau de fils de cuivre. René l'a construit de ses mains, tout seul. Et ça marche.

« Ici Londres, les Français parlent aux Français. »

Plus un mot, tous écoutent. J'ai appris à interpréter les nouvelles en observant les visages. Les Américains débarquent en Algérie, c'est bien. La zone libre est occupée, la marine française se saborde à Toulon, c'est mal. Les Allemands reculent en Russie, c'est bien. La Corse se libère, c'est très bien. Les Alliés débarquent en Normandie, c'est très, très bien... Mais quand les avions bombardent et que des centaines de Français meurent, que penser ? J'entends, dans le poste, la voix fatiguée du Maréchal : « Aucun Français ne doit se mêler de ce conflit. » Et le commentaire de l'oncle Armand : « Il est gaga ! » Qui croire ?

À Radio Paris, un certain Jean Hérold Maquis (ou Paquis, je ne sais trop) répète soir après soir que « l'Angleterre, comme Carthage, doit être détruite ». Et je m'interroge : pourquoi veut-il détruire Carthage ? Est-ce un pays allié ? Où se trouve-t-il ? J'ai cherché sur la carte à l'école. Et je n'ai rien trouvé. Mystère.

Pour les copains et moi, le bon moment, c'est à la radio de Londres, quand la voix lointaine annonce : « Et voici maintenant quelques messages personnels. »

« Gaby, mange ta soupe, ma chérie. »

« Mathurin adore les épinards. »

« Le chameau est poilu. »

Momo les note dans un petit carnet. Il en a déjà plus de cent.

« Elle fait de l'œil avec le pied. »

C'est bête mais ça nous fait rire.

Mais, surtout, il y a les chansons. Suzy Delair, Léo Marjane, Tino Rossi, Reda Caire, Jean Sablon, Nina Margie, Maurice Chevalier et les autres. Nous les connaissons tous. Notre chanteuse préférée s'appelle Rina Ketty. Une drôle de voix cristalline et une chanson entraînante, bizarre :

Je revois les grands sombreros et les mantilles
J'entends les airs de fandango et...

Et là, c'est l'incertitude. Que chante-t-elle, que dit-elle exactement ? À chacun sa vérité. Pour Boutrit, c'est « les airs de fandango et ses guenilles ». Ce qui ne veut rien dire ! Pour Momo, l'écrivain, « Fandango et c cédille ». Incompréhensible ! C'est tante Charlotte qui doit avoir raison. Elle affirme qu'il faut entendre : « Les airs de fandango et *séguedilles* ». Un mot inconnu. Il n'est même pas dans le dictionnaire de la classe. J'ai regardé. Total, quand nous chantons ensemble, chacun a à cœur de donner sa propre version, en forçant la voix pour couvrir celle des autres. Simple question d'amour-propre.

La meilleure radio pour les chansons, celle

qui en passe le plus, sans interruption, est très difficile à attraper. Malgré le « cadre » et malgré l'œil magique. Elle serait dans le sud, dans les Pyrénées selon l'oncle René, dans une principauté. Voilà pourquoi la dame qui annonce les disques d'une drôle de voix acidulée ne parle pas français. C'est la radio d'Andorre. Et moi, j'entends « radio Dents d'Or » ! Ça m'amuse. Je rêvasse. Le prince « Dents d'or » s'avance dans le soleil, en grand apparat, la bouche étincelante. Marie, souriante, a jeté une mantille brodée sur ses épaules. Je suis le prince. Et, coiffé de mon grand sombrero, je chante à tue-tête un air de fandango !

C'est pour de rire...

Après tout, je n'ai pas encore neuf ans !

Chapitre 8

> Les enfants qui s'aiment
> s'embrassent debout
> contre les portes de la nuit.
>
> Jacques PRÉVERT

« Combien d'étoiles ? »

Chacun y va de sa réponse, un peu au hasard. En fait, personne ne le sait. L'oncle René, en avançant le chiffre de « quatre douzaines », provoque aussitôt les exclamations inquiètes de tante Charlotte et de Louison qui s'affairent à la machine à coudre. « Quarante-huit ! C'est beaucoup trop ! Vous vous rendez compte : quarante-huit étoiles à dessiner, à découper, à coudre... Ça va prendre combien de temps ? » Trop, de l'avis général. Il faut faire vite. La liberté n'attend pas. Finalement, l'accord se fera sur trente.

Trente étoiles blanches soit cinq lignes de six cousues à l'horizontale, en parallèles, dans un rectangle bleu. Il ne reste plus qu'à se mettre d'accord sur le reste : les bandes rouges et blanches... combien de bandes ? Le drapeau des Américains est vraiment compliqué. Mais indispensable. Il doit flotter à la place d'honneur. Avec le drapeau français. Et l'anglais : deux croix rouges, une droite, l'autre de travers, cernées de blanc, sur fond bleu. Un autre casse-tête !

Depuis hier, emportées par une ardeur patriotique, les couturières s'affairent, sacrifiant un grand drap blanc, le tablier bleu de Charlotte et une vieille robe rouge de Louison. Celle avec les petites fleurs jaunes. De toutes petites fleurs. Avec le vent, ça ira. Tout sera prêt à l'heure. Depuis quelques jours, nous vivons dans la fièvre, à la ferme, au village. Chaque jour, Radio Londres nous gonfle le cœur : partout en France, des villes se libèrent, les troupes de Normandie avancent. Les FFI mènent la vie dure à l'armée allemande.

Et chaque jour, Radio Paris s'étrangle de rage dénonçant « les soi-disant libérateurs » et leurs complices, « les bandits des maquis ».

La liberté est en marche.

Louison écrase une larme. Louison, en vrai, s'appelle Henriette, mais comme elle est la fille de Louis, le maréchal-ferrant, tout le monde l'appelle Louison. Paul, le grand frère de Momo, a disparu soudain l'année dernière. L'oncle Armand nous a dit qu'il était « réfractaire ». Réfractaire ? Momo m'a expliqué : il ne voulait pas aller travailler en Allemagne, avec le « estéo ». Alors, il est parti, et personne ne sait où. Depuis, Louison pleure parfois, comme ça, un peu au hasard, sans prévenir. Elle attend le jour où Paul reviendra. Il chantera, pour elle toute seule, son air préféré, le « chant du gardian ».

« Belles filles, attendez son retour, attendez et pourtant prenez garde car son chant, c'est celui de l'amour... »

Un soir, je les ai vus. Ils s'embrassaient, appuyés au vieux tilleul de la Grand-Place. Sur la bouche. J'ai trouvé ça dégoûtant. Ce mélange de salives, les poils de la moustache de Paul sur les lèvres de Louison... Je me suis alors juré que jamais je ne me prêterais à ces pratiques cannibales. Et puis est apparue Marie. Ma résolution (ma peur ?) a faibli. En moi s'est installée comme une force, fragile mais impérieuse. Il fallait m'approcher de Marie, lui prendre la main, la serrer contre moi, la toucher. Mais comment m'y prendre ? Je ne sais rien des filles. Je n'ai ni sœur ni cousine de mon âge. Et les copains non plus. Quand nous parlons d'elles, c'est pour nous en moquer : elles sont bêtes, capricieuses, pleurnichardes, insupportables. Pas comme nous, les forts, les solides, les malins. Elles sont d'un autre monde, mou, flou, brumeux. Comment vivent-elles ? À quoi pensent-elles ? Rêvent-elles ? Je l'ignore.

Je ne sais même pas comment elles sont faites. Boutrit-qui-sait-tout affirme qu'à la différence de celui des garçons, le corps des filles ne ressemble à rien. Un garçon, surtout grand comme nous, c'est un homme en plus petit. Manque juste la barbe. Mais une fille...

« Regarde une femme, dit Boutrit, et regarde une fille. Compare. Ça n'a rien à voir ! » Parce que justement, il n'y a rien à voir. Pas de formes, rien. Et Boutrit, bon prince, de conclure : « Ce n'est pas de leur faute, remarque. C'est comme ça. Manque de chance ! »

Je l'ai cru. Longtemps. Mais je ne le crois plus. Maintenant, à chaque fois que je vois le vieux tilleul de la place, je pense à Marie. Au jour où moi aussi, comme Paul...

Soudain, les cloches. Je suis dans la cour des Coudriers. L'oncle René s'affaire, à deux pas de moi, à l'ombre du marronnier. Les cloches de l'église se déchaînent, éclatant le silence de la nature devenue subitement muette, comme attentive. L'oncle René se bloque sur place. Les épaules rejetées en arrière, sa lourde silhouette paraît se faire plus grande. Face au carillon, il enlève sa casquette, respire à peine. Un temps et puis, dans un souffle, cette courte phrase : « C'est comme en 18 ! » Son œil se fait liquide.

Décidément, ce 14 juillet 1944 n'est pas un jour ordinaire. Les hommes, les femmes, les enfants, tous les habitants de la commune se sont retrouvés devant le monument de la Grande Guerre, à côté de l'église. Le père Gaboriau, « Gaby », qui travaille au CFD, est venu avec son clairon. Si son bras gauche, tout raide, pend inerte au long de son corps (« un souvenir des Dardanelles ! »), la main droite reste agile et le souffle fort. Assez en tout cas pour exécuter la « sonnerie aux morts » dans l'émotion générale. Quelques bouquets de fleurs des champs, les drapeaux qui s'agitent (« l'américain » de tante Charlotte fait un gros effet...) et nous voilà, en joyeuse cohorte, marchant vers le champ de foire et la forge de Louis. Des tables, des bancs ont été installés sous les arbres. Et à l'intérieur de la forge, portes grandes ouvertes, trône un phonographe à manivelle à côté des pinces et du marteau à frapper le vent. Aujourd'hui, on mangera, on boira en musique. Et quand la nuit sera là, les lampes à pétrole prolongeront le jour. Louis a récupéré je ne sais où un bidon de mazout. Et le mazout, pourvu qu'il soit adroitement mélangé à du sel, brûle très bien dans les lampes. On chantera, on dansera ce soir. Vive le 14 juillet, vive la liberté !

Mais moi, dans ces moments de griserie, c'est à Marie que je pense. Ce matin, à la sortie de la messe, elle me l'a promis : nous irons ensemble jusqu'à notre « château ». Et nous parlerons. Un peu avec les lèvres, beaucoup avec les yeux... Notre château, c'est la petite cabane collée au mur du cimetière, avec deux portes : l'une donne sur l'intérieur de l'enclos et l'autre s'ouvre sur la place, tout au bout. Des cyprès et un grand noisetier touffu l'isolent du monde. Henri y range ses outils. Fourches, pelles, râteaux, faucilles, sécateurs, tenailles, rouleaux de corde, boîtes à clous... Et trois chaises rapiécées récupérées à l'église, un tonneau posé droit devenu table et, sous une toile verte, un gros tas de foin qui embaume la pièce. Il y a même, à côté de la petite cheminée, un cheval de bois cambré, rescapé du manège, qui dans la lumière du feu paraît agiter douloureusement sa patte droite avant, cassée au genou...

Et c'est là qu'avec Marie nous nous retrouvons, dès que possible, bien à l'abri, loin des regards. C'est là que nous parlons sans parler, les mains dans les mains. C'est là que je lui ai offert un collier et un bracelet tressés avec les perles de verre des vieilles couronnes abandonnées... C'est notre château secret.

À la forge, on parle fort. Tout le monde a l'air gai. Les Castagnac, ceux du château (l'autre château, le vrai !), qui ont leurs noms gravés dans le cuivre des petites plaques clouées sur le haut des prie-Dieu du premier rang à l'église, sont là eux aussi. Et ils rient, chantent et dansent comme les autres. Heureux. Inlassablement, Louison fait tourner les disques : *La Valse brune*, *La Java bleue*, *La servante est rousse*, la musique se donne des airs d'arc-en-ciel...

« Regarde. » Marie, tout sourire, me tend sa main droite. Elle l'ouvre. À l'intérieur, des épingles à tête de couleur. Comme celles de la carte de Monsieur Griffarin. « Viens à la fontaine. » Tous les amoureux s'y retrouvent pour connaître leur avenir. Il faut se mettre dos au bassin, côte à côte, jeter en même temps les épingles par-dessus l'épaule, sans regarder. Elles glissent au fond de l'eau. Si elles se posent en croix la preuve est là : la preuve d'amour. Nous jetons nos épingles, le cœur battant. Le soir est tombé. L'obscurité assombrit l'eau. Impossible de voir ! « Demain, nous reviendrons demain », dit Marie, un rien de malice dans le regard. Se moque-t-elle ?

Les voix de la forge se font plus fortes. Les bouteilles de cognac sautent de verre en verre. Pour un jour comme celui-là, il fallait le meilleur, du VSOP. C'est de l'anglais : *very select*... je ne sais trop quoi. L'oncle

Armand, lui, affirme qu'il faut comprendre : Verser Sans Oublier Personne ! Et tous de rire. Gaby, à demi chancelant, salue la plaisanterie d'un vigoureux coup de clairon. Gauthier, le coiffeur, glisse doucement de son banc sous la table, dans le noir, en lançant un chevrotant : « Vive Pierre Laval ! » Ce qui ne paraît surprendre personne...

Gauthier n'est pas tout à fait comme les autres. C'est sa tête qui ne va pas fort. « Une noix creuse », juge Louis. Il paraît que chaque village a son Gauthier. Mais le nôtre, à nous, manie les ciseaux comme personne. En véritable artiste. Le corps comme habité par une musique inaudible, il coupe comme on valse. Ce qui n'est pas donné à tout le monde.

Soudain, c'est le silence ou presque. On n'entend plus que le phono, « la java la plus belle et que l'on danse les yeux dans les yeux »...

Louison pousse un petit cri, glisse entre les hommes, entre les bancs, et franchit la frontière de l'ombre en pleurant de joie : Paul est de retour ! Paul le frère de Momo, le réfractaire, l'amour de Louison. Barbu, amaigri, les traits tirés. Le cercle se fait. On lui tend un verre. Paul raconte : le maquis, les embuscades, les SS, les miliciens, les résistants torturés, fusillés... Il arrive du Limousin. Là-bas, explique-t-il, les représailles ont été terribles. À Tulle, une centaine d'hommes sont morts, pendus aux lampadaires, aux balcons des maisons. À Oradour, un village comme le nôtre, ce fut pire encore. Tous les hommes ont été fusillés, les femmes et les enfants brûlés dans l'église. Brûlés vifs !

Paul parle à voix presque basse, par petites phrases. « Je suis venu vous prévenir. Il y a une bande de salopards dans la région. Des miliciens, des salauds de la Gestapo. Il y a même des Russes vendus aux boches ! Ils volent, pillent, assassinent. Ils ont tué deux copains du Pays bas, deux gars de notre maquis, de vrais, de bons camarades. Fusillés. Faites attention à vous. Ne vous laissez pas faire ! »

Louison pleure, les femmes pleurent, les hommes se raclent la gorge, têtes basses. La fête est finie. Nous éprouvons un grand malaise. Presque de la honte. Nous faisons la fête quand d'autres meurent... Le cœur se serre.

C'est alors que Marie me prend par le bras et m'entraîne en courant loin de la forge, de Paul, des autres, de la guerre... Et là, dans la nuit, serrée contre moi, le long du tilleul de la place, elle me donne un baiser. Mon premier baiser, fort, violent. Un baiser au goût de sel.

Le sel de ses larmes.

Chapitre 9

Ce soir l'ennemi connaîtra le prix du sang
Et des larmes.

Maurice DRUON, Joseph KESSEL

J'ai de nouveaux cousins. Ils sont arrivés dans les derniers jours de juillet. En tandem. Lui devant, elle derrière. Antoine et Juliette. Ils sont gais, toujours de bonne humeur. Je les aime déjà beaucoup. Ils habitent Royan. Je ne connais pas Royan, je n'y suis jamais allé, mais je sais que c'est une ville magnifique au bord de la mer. Il y a un casino avec un orchestre. Ma mère me l'a raconté. Elle y a dansé avec mon père avant la guerre. J'étais trop petit pour les accompagner mais j'entends encore papa chantonner le matin, rasoir à la main : « Le plus beau de tous les tangos du monde / C'est celui que j'ai dansé dans vos bras... »

Ce doit être splendide : les voitures, les jardins, les lumières, la musique... Il paraît que le cinema de Royan est le plus grand, le plus beau de tous les cinémas de la région. Réellement féerique. On y jouait *Blanche-*

Neige et les sept nains. « Eh hi, eh ho, on rentre du boulot... » Simplet, Grincheux, Atchoum, Joyeux... Et Blanche-Neige. Surtout Blanche-Neige. Est-elle aussi belle que maman ? J'aimerais savoir.

« Il n'y a plus rien à faire là-bas, raconte Antoine. Les Allemands ont transformé la ville en forteresse. Partout des casemates, des canons, des barbelés. Et sur les plages, les asperges de Rommel. » Les asperges de Rommel ? « Des pieux de ferraille plantés dans le sable pour empêcher que les Alliés ne débarquent un jour... Il n'y a plus d'électricité, ni d'eau. Alors ceux qui le peuvent s'en vont. Que faire d'autre ? Attendre que le feu nous tombe sur la tête ? »

Juliette le caresse du regard, complice. Autant elle est vive, mobile, en équilibre instable entre deux éclats de rire, autant Antoine est calme, posé. C'est un homme solide, au corps mince, aux gestes souples. Moi qui peine à grandir, je l'observe avec un sentiment mêlé d'admiration – beaucoup – et de jalousie aussi – un peu. Serai-je comme lui un jour, plus tard ? Avec eux, la maison a pris un air de printemps. Des bouffées de musique courent tout le jour. Dès son arrivée, Antoine a repéré le vieux gramophone posé sur le buffet. Et depuis, à grands coups de manivelle, les disques noirs tournent presque sans discontinuer. « Parlez-moi d'amour, redites-moi des choses tendres. » Armand fait semblant d'en être fâché. Il prétend que le phonographe lui mange les bruits familiers qui sont autant de repères pour lui, qu'on ne s'y retrouve plus. Il gronde mais personne n'est dupe : Armand taquine son monde. Moi, ce tourbillon sonore me plaît. Surtout quand Juliette chante avec sa voix de petite fille en balançant les boucles brunes de sa chevelure. La peau blanche, l'œil brillant, la bouche rose. « Belle comme une poupée », admire Charlotte.

« Votre beau discours mon cœur n'est pas las de l'entendre. »

J'aime vraiment beaucoup mes nouveaux cousins ! Avec eux, le travail aux champs ou dans les vignes est prétexte à jouer, à plaisanter. Il ne se passe plus une veillée sans qu'éclatent les rires, que s'élèvent les chansons. Le soir, lumière éteinte, nous nous regroupons en demi-cercle devant la cheminée. Les flammes dessinent de grandes lueurs mouvantes sur les murs. Le vieux Pierre, toujours actif, égrène des épis de maïs en les faisant tourner sur le tranchant d'une tige de fer plate. Ça fait un bruit de souris qui grignote. Avec la farine, tante Charlotte fera du « millat », un gros gâteau rond, tendre, jaune d'or. Le régal de mes « quatr'heures ». L'oncle René, lui, reste assis à la table, le nez dans un nouveau journal, *Bir Hacheim,* un journal FFI. « Ça nous change des bobards de la 5e colonne ! » Je ne sais rien de cette 5e colonne. Ni des quatre autres, d'ailleurs. Un mystère de grandes personnes. Une petite lampe à pétrole lui fait un halo de lumière, une lampe Pigeon. Il paraît que c'est une lampe unique au monde : elle n'explose pas. C'est écrit dessus. Malgré tout, la fatalité aidant, si une catastrophe venait à se produire, les victimes recevraient aussitôt une énorme fortune. De quoi acheter des hectares et des hectares. Morts peut-être, mais millionnaires ! À se demander ce qu'il faut souhaiter...

L'oncle Armand et Antoine bavardent à voix basse, souriant à demi, comme deux vieux compères. Ils sont comme ça, complices, depuis ce fameux soir du début août où Paul, « le réfractaire », a surgi aux Coudriers, tout agité :

« Venez vite. Ils sont à la ferme de la Fresnée ! Des salopards, des miliciens. Ils ont brûlé une ferme au Pays bas. Ils tuent les chiens...

– Mais personne n'habite plus à la Fresnée depuis longtemps.

– C'est bien pour ça ! Armand, je vous dis qu'ils y sont. Ils se cachent. Comme des rats. Venez ! Il faut faire vite. »

Armand s'est levé, a décroché les deux fusils de la cheminée, en a tendu un à Antoine. « Tu sais ? » Antoine a fait oui de la tête. Et ils sont partis tous les trois, dans la nuit. Il m'a semblé que Charlotte respirait plus vite. Juliette était encore plus blanche.

Ces deux fusils avaient dormi, enrobés de graisse, emmaillotés de linges, au creux d'un fagot de sarments noyé aux trois quarts dans la mare derrière la maison. C'est là qu'Armand les a « découverts » le 14 juillet dernier. Depuis, ils ont retrouvé le râtelier de la cheminée, à la place d'honneur.

Il faisait presque jour quand Armand et Antoine sont revenus. Engourdi dans un demi-sommeil, j'ai entendu mon oncle rentrer dans la chambre que nous partageons, Charlotte, lui et moi. Il a raconté sa nuit à ma tante, à voix basse, pour ne pas me réveiller. Et moi, les yeux fermés mais les oreilles grandes ouvertes, j'écoutais. « Tout va bien. Paul et Antoine sont de braves garçons. Guillaume Castagnac, le fils du château, aussi. Il a été légèrement blessé, au bras gauche. Trois fois rien. À Noël, il n'y paraîtra plus. Les "autres" étaient trois. Des miliciens. Quand ils nous ont entendus, ils sont sortis de la ferme, courant vers leur traction. Je ne sais pas qui a tiré le premier. Deux ont pu fuir, le troisième est tombé. Un jeune gars, tout juste vingt ans, un visage de fille. Mort. Un Français tué par des Français... quelle misère ! Ceux du Pays bas qui étaient là ont emporté le corps. »

Et ce fut tout. Armand n'en a pas dit plus.

Ce soir, les verres sont pleins. Du vin blanc d'avant-guerre. Pour accompagner les premières châtaignes de la saison qui grillent dans le diable, la cocotte à trois pieds. L'exercice n'est pas sans risque. Il faut, sans se brûler, saisir la longue queue du poêlon de terre, enlever le couvercle et saisir une à une les châtaignes avant qu'elles ne calcinent. On les fait sauter d'une main à l'autre, dans un va-et-vient rapide, pour les refroidir. Après quoi on croque, du bout des dents, en aspirant un peu d'air frais par petites bouffées, la gourmandise luttant courageusement contre le trop de chaleur. Et ça en vaut la peine. Un goût sucré, de miel caramélisé. Un régal. Mais comme dit Armand : « Ça se mérite ! »

Parfois, un « nom de Dieu » intempestif souligne une manœuvre maladroite, au grand dam du vieux curé venu bavarder avec tante Charlotte, comme ça, en passant. Il est arrivé un peu avant l'heure du souper. En toute innocence. Alors, forcément, elle l'a invité à partager notre repas. Il a d'abord dit non « pour ne pas déranger », et puis oui « pour nous faire plaisir ». Et nous voilà huit à table.

Avec les châtaignes, notre curé préfère un verre de goutte, généreusement dosé. Il s'installe dans le fauteuil au coin de l'âtre, bien calé contre le dossier. Ses deux mains croisées sur la ceinture de sa soutane s'élèvent et s'abaissent au rythme de sa respiration. Régulièrement, silencieusement. Un bon gros chat fourré prêt à ronronner. Mais un chat qui parle :

« Que s'est-il passé l'autre nuit à la Fresnée ? Le savez-vous ? » Pas de réponse.

« On a entendu des cris, des coups de feu. Il y aurait eu des blessés. Un homme serait mort. Pourtant, ce matin, tout semblait comme avant. La ferme était déserte, abandonnée. » Un silence. Seulement troublé par les crépitements du feu. Notre curé, qui passait au « hasard » de sa promenade, est donc venu aux nouvelles...

« Tout ça est bien malheureux. Ceux qui ont trahi subissent à leur tour le sort de leurs victimes. Vous connaissez la parole de Jésus : "Quiconque se servira de l'épée périra par l'épée." C'est le temps de la vengeance. Œil pour œil. Je comprends mais je n'approuve pas. La haine corrompt l'homme, le pardon seul le grandit. Mes amis, il va nous falloir apprendre à pardonner. Ne pas oublier, jamais. Mais pardonner. C'est ce que nous devons faire. Et ce sera difficile ! Il nous faudra du courage... »

Je suis surpris. Comment notre vieux curé peut-il parler de pardonner ! En écho, j'entends encore Paul nous raconter Tulle et Oradour, les pendus, les fusillés, les enfants brûlés vifs... Pardonner !

« Vous le savez, vous Armand, que nous le devons et qu'il nous faudra du courage, beaucoup de courage... »

Mais le courage, n'est-ce pas de se battre contre les méchants, comme le font les héros de Monsieur Griffarin ? Moi, si j'étais grand, si j'avais un fusil, si... Punir ou pardonner ? Que faire ?

L'oncle Armand : « C'est bien parlé, Curé. Je suis d'accord. Mais, selon moi, le temps n'est pas venu. Il faut d'abord remettre le pays à l'endroit. Et la République aussi. Alors oui, à ce moment-là, on devra pardonner. Du courage, il en faudra, c'est sûr. Mais du temps aussi. Les labours d'abord, puis les semailles. Et la moisson à la fin. À mon idée, c'est encore le temps des labours...

– Vous êtes sage, Armand, je le sais. Mais je me dis que, peut-être, vous pourriez quand même en parler aux autres, au village. Nous avons grand besoin de paix. Pensez-y. Je prierai pour vous, et pour votre famille. »

Là-dessus, notre curé se lève, remercie Charlotte, jette un regard de connivence à l'oncle Armand, salue tout le monde, me lance un « à demain, Petit Pierre, à la messe » et, guidé par sa lanterne, s'enfonce à grands pas dans la nuit, en route pour le presbytère, la soutane lui battant les talons.

J'en profite pour rafler les trois châtaignes oubliées au fond du diable. Et au lit ! Léger, tranquille, rassuré. La guerre sera bientôt finie.

Notre curé et l'oncle Armand s'occupent de tout.

Tout est bien. En ordre. Il est temps de dormir.

Chapitre 10

Nunc est bibendum.

HORACE

Quand l'angélus de midi sonne à l'église du village, il est onze heures aux Coudriers... C'est comme ça depuis fin août, lorsque nous avons appris que Paris, enfin, était de nouveau libre. Le vieux Pierre a aussitôt décidé de reculer la petite aiguille de la vieille horloge d'un tour de cadran. Pour, a-t-il expliqué, revivre à l'heure française, la vraie, celle d'avant-guerre.

Du coup, à la ferme, nous vieillissons moins vite que les autres... À l'exception de Camille, le journalier, qui, lui, est imperturbablement resté fidèle à l'heure solaire. Pour Camille, midi tombe à dix heures. Il m'arrive de me perdre dans toutes ces heures. Ou de faire semblant. Des fois, ça m'arrange...

Quelques jours avant, Radio Paris est devenue muette. Sans prévenir. L'occasion pour le vieux Pierre, goguenard, de retrouver son patois : « *La veuze é queurvé !* » Traduction d'Armand : le biniou est mort. Finie la musique !

À la TSF, des voix nouvelles nous font vibrer : de Gaulle arrive, de Gaulle à Paris, sur les Champs-Élysées, à Notre-Dame. De Gaulle partout, accueilli par des foules enthousiastes dans les villes de la France qui se libère, morceau par morceau.

Et de Gaulle bientôt à Cognac.

Le facteur a été le premier à annoncer la nouvelle. C'est un cousin à lui qui connaît un chef du maquis qui lui a dit que... Bref, de Gaulle arrive, c'est pour le 18 septembre. Et bien sûr, tout le monde veut être au rendez-vous. Moi comme les autres. Voir enfin ce général sans visage qui nous parlait toutes ces années à la radio de Londres pour nous annoncer une victoire certaine.

Nous vivons dans l'effervescence. Même les calmes, les paisibles, les silencieux s'agitent. Au champ de foire, c'est un incessant, un vibrant remue-ménage : on discute, on commente les nouvelles, on imagine l'avenir. Nous les jeunes, le Grand Boutrit, Bubu, Momo et moi, venons d'entrer dans la Résistance. Nous défilons sous les marronniers de la place avec drapeau, mitraillettes et pistolets (en bois...) hurlant « le chant du départ », à se casser la voix. Et à casser les oreilles des autres. Au point d'être scandaleusement menacés d'une grêle de coups de pied aux fesses. Ce qui nous indigne. Comment ose-t-on tenter d'intimider ainsi de purs patriotes ? Nous ne nous laisserons pas faire. La liberté est à nos côtés. Enfin, en principe...

Marie a cousu un brassard bleu, blanc, rouge, avec une croix de Lorraine dans un V. Elle me l'a épinglé au bras gauche. J'ai vraiment belle allure. Elle doit être fière de moi. J'en suis sûr, je le crois, je l'espère... Paul aussi porte un brassard. Normal. Et d'autres hommes également, que je ne connais pas. Ils viennent d'arriver, ils disent qu'ils défendront le village si les Allemands reviennent. Et quand l'oncle Armand fait benoîtement remarquer qu'« ils » ne sont jamais venus, il s'entend dire que « ça ne les empêcherait pas de revenir ». Allez comprendre ! Pour qui se prennent-ils ces étrangers ?

Le plus enragé, c'est Gauthier, le coiffeur. Il hurle qu'il faut faire la chasse aux embusqués, aux collabos, aux mauvais Français qui ont trahi. « Ils trahiront de Gaulle comme ils ont trahi Pétain ! » Logique. Il parle de les « épurer », de les fusiller, de punir les femmes qui ont « fêté Pâques avant les Rameaux ». Il hurle : « Il faut les tondre ! Surtout celles du Pays bas... » Gauthier a des idées barbares. L'excitation l'agite tout entier, lui rougit la face. Il est au bord du coup de sang. À la fin, Paul devra le calmer à grands seaux d'eau. Avant de le réconforter d'un verre de goutte. La fièvre retombe. Gauthier s'enferme dans le silence. Il n'y aura pas d'« épuration » dans notre village.

« Notre héros a manqué son affaire, on dirait. Pauvre gars. Que le Bon Dieu protège cet innocent. » Entendre l'oncle Armand faire appel au Seigneur n'est pas chose banale, une sorte de petit miracle. Gauthier n'a peut-être pas totalement « manqué son affaire », tout compte fait. Décidément, nous ne vivons pas des jours ordinaires.

Aux Coudriers, l'excitation du jour se prolonge tard le soir. Les conversations s'éternisent. On rit, on chante. L'oncle Armand fait mine de gronder. Il dit que la maison devient folle, que la nuit est faite pour dormir et que, Libération ou pas, le travail n'attendra pas et qu'il faudra bien se lever avec le jour. Là-dessus, il ingurgite une tisane concoctée par le père Élysée : un mélange de fleurs d'aubépine séchées, de pétales de coquelicot et de racines d'« herbe-aux-chats ». Un plein bol de sommeil sans rêve...

L'autre soir, pourtant, la science du père Élysée a connu ses limites.

Il y eut d'abord cette lueur à l'horizon vers l'est, une lueur jaune orangé virant bientôt au rouge violacé, un énorme champignon boursouflé grimpant dans le ciel, à gros bouillons d'ombres et de feu. Et, d'un coup, un fracas assourdissant, un tonnerre formidable. Les portes et les fenêtres qui crépitent, agitées par un souffle puissant, les hennissements de l'écurie répondant aux meuglements de l'étable. Et, aussitôt après, le silence stupéfié de la famille saisie d'une crainte diffuse. Que se passe-t-il ? Et voilà que déjà l'horizon s'illumine une nouvelle fois...

Je pense au grand-père de Boutrit qui raconte cette histoire des anciens temps, quand le tonnerre effrayait les hommes au point de les rendre à moitié fous. Ils croyaient que le diable s'annonçait, qu'il allait venir les attraper pour les jeter dans le feu de l'Enfer. Saint Pierre, touché par tant de détresse, avait supplié Jésus : « Dites-leur, Seigneur, la vérité du tonnerre. » Jésus avait refusé : « C'est un secret trop lourd, insupportable pour les faibles créatures humaines. » Mais il avait ajouté : « Rassure-les. Qu'ils n'aient plus peur. Désormais, à chaque fois qu'il devra tonner, je les préviendrai. Par un éclair. Avant. »

Ainsi fut fait. Et ce soir encore... N'empêche, j'ai peur. Le diable ou les boches, où est la différence ? Les explosions se succèdent, au fil des minutes, interminablement. Avec ce seul commentaire de l'oncle Armand, la tête penchée à la fenêtre, à demi engourdi par la tisane : « C'est quand même pas "ça" qui va vous empêcher de dormir ! »

« Ça », on l'apprendra plus tard, c'est un train de munitions que les Allemands font sauter avant de décamper, wagon après wagon, sur le terrain d'aviation de Château-Bernard, à deux pas de Cognac. À l'endroit exact où doit atterrir l'avion du général de Gaulle, le 18 septembre.

Ce jour-là, le soleil levant nous trouve dans la cour des Coudriers, équipés de pied en cap, prêts pour l'aventure, femmes en chapeau et hommes rasés de frais. Avec, au revers du paletot noir de l'oncle René, une impressionnante croix de guerre dorée et son ruban rouge et vert que je voyais pour la première fois.

Nous entourons la « Citron », la voiture de René, plus toute jeune certes mais étincelante et riche d'un moteur spécial : un « moteur flottant ». Sur la calandre, en haut du radiateur, un cygne majestueux gravé dans le métal en porte témoignage. Dans mes rêvasseries, il m'est parfois arrivé d'imaginer qu'un jour l'auto prendrait la mer pour une croisière dans les pays lointains, vers les plages de l'AOF peut-être. Aux côtés du *Normandie*, pourquoi pas ? Toutes ces années, l'oncle René, chiffon de laine à la main, l'a couvée, cajolée, la protégeant des périls : la batterie qui se décharge, les pneus qui se tassent, la mécanique qui s'encrasse... Et puis, une ou deux fois par mois, grâce à l'essence échangée contre un quartaut de vieille fine, un coup de manivelle et enfin le ronronnement régulier, rassurant, du « moteur flottant »...

L'oncle René a logé son épaisse carcasse, en forçant un peu, derrière le volant de bois verni ; Armand et moi partageons le siège de droite et à l'arrière Antoine s'est glissé entre Charlotte et Juliette, au risque de s'éborgner à leurs panaches fleuris. Le vieux Pierre, lui, n'a pas voulu venir, marmonnant qu'il fallait bien que quelqu'un garde la maison, que ce genre d'expédition n'était plus de son âge et que, de toute façon, il avait de l'ouvrage.

En route ! Pas question d'arriver en retard. Plus de sept kilomètres à parcourir, ce n'est pas rien, sur une route encombrée de charrettes, de vélos, de marcheurs de tous âges en habits du dimanche. « C'est l'exode à l'envers ! » commente Armand.

Il fait maintenant grand jour. Tout au long du chemin, l'oncle René nomme, en expert, les rares voitures rencontrées : « Une Prima quatre, une Peugeot 302, avec gazogène. » Le pont sur la Charente (« un fleuve et pas une simple rivière. Ne vous y trompez pas, les enfants ». Leçon de Monsieur Griffarin), la grande rue qui monte. Et partout la foule, les banderoles « Vive de Gaulle », « Vive les Alliés », des V, des croix de Lorraine, des femmes avec des fleurs, des enfants agitant des drapeaux tricolores en papier.

La « Citron » garée, nous voilà, toute la famille, place François-Ier. Au premier rang. Nous serons à quelques mètres de lui quand le général passera tout à l'heure. Je me demande s'il est aussi grand que François Ier. « Deux mètres de haut ! Un sacré gaillard ce François Ier ! » d'après Monsieur Griffarin. De Gaulle est-il, lui aussi, un sacré gaillard ?

« Une Citroën onze légère », l'oncle René poursuit son inventaire.

Enfin, les cloches des églises se mettent à carillonner. « Il arrive, il arrive ! » Je tends le cou pour mieux scruter le carrefour. Sa voiture va bientôt déboucher du virage. L'impatience nous saisit. On se bouscule un peu. « Les voilà ! » Des motards. Ils sont cinq, encadrant une grosse décapotable noire, un devant et deux de chaque côté. Il y a des cris, des vivats. Et moi qui, soudain, m'évade. Je suis ailleurs. Dans le temps d'avant. Ma main dans celle de ma grand-mère. À Saintes, au bord de la grande avenue. Des motards casqués à grosses lunettes passent devant nous entourant une voiture gris-vert. Des motards allemands. Ma grand-mère pleure en silence : la France vaincue, la France envahie... C'est déjà loin.

« Une Vivastella, six cylindres », René admire. La voiture du général de Gaulle s'éloigne. J'aperçois, au loin, son képi, furtivement, à l'arrière, au-dessus de la capote repliée. Et je réalise en un éclair que, perdu dans mes songes, je n'ai rien vu ou presque. Tout s'est passé si vite. J'ai peine à le croire : j'ai raté de Gaulle !

À notre retour à la ferme, le Grand Boutrit m'attend. Il veut savoir. « Alors, il est comment ? Dis, toi qui l'as vu, il est comment ? Aussi grand qu'on le dit ? » Et moi, l'air un rien blasé, histoire de sauver la face : « Bah, pas tant que ça.

– C'est pas vrai ! T'es un menteur. Il est grand. Il est même très grand. »

Boutrit m'agace, Boutrit-je-sais-tout, toujours plus malin que les autres. Mais, enfin, qui était à Cognac, lui ou moi ? Qui a vu les motards, moi ! Qui a vu la « Vivastella », moi !

Et qui n'a pas vu de Gaulle... moi !

Chapitre 11

> Par le cheval tombé sous le chariot qu'il traîne : je vous salue, Marie.
>
> Francis JAMMES

Le coq a chanté cette nuit. Au moins trois fois. Quelle heure était-il ? Deux, trois heures ? Je ne sais. Mais il a chanté, j'en suis certain, je l'ai entendu. Pourquoi ? Qu'un coq aussi expérimenté que le nôtre chante comme ça, sans raison, en pleine nuit, surprend. Mais a-t-il vraiment chanté sans raison ? La question m'a trotté dans la tête tout au long de la messe. Pas de réponse.

J'ai un autre motif de réflexion. Hier, Monsieur Griffarin nous a donné une « leçon de choses ». Moi et les copains, nous aimons beaucoup les leçons de choses, ces histoires de plantes, d'animaux, de la terre et des étoiles... Nous sommes sur l'estrade, autour du pupitre du maître, observant en silence deux très gros os, un tout plat et une lourde boule un peu cabossée. Monsieur Griffarin explique : « Voilà un morceau de côte et voici une vertèbre. » Imposante, la vertèbre. Il faudrait être un géant pour jouer aux osselets avec...

« À quel animal appartiennent ces ossements ? Avez-vous une idée, les enfants ? » Boutrit en a une : « Au dragon des marais ! » « Quelle fable as-tu encore inventée ? » Monsieur Griffarin est tout sourire. Il n'a pas l'air surpris. Il y a déjà longtemps que Boutrit ne le surprend plus. « Alors ? » Bubu se lance : « À un dinosaure. » C'est le côté agaçant de Bubu : il sait plein de choses. Qui connaît les dinosaures à part lui ? « J'ai vu un dessin dans un livre de mon grand-père. » « C'est bien, Simon, ce sont en effet des os de dinosaure. Il y a des millions et des millions d'années, ils vivaient à deux pas d'ici, à Champ-Blanc dans le Pays bas. » Et moi : « Avant Jésus ? » Haussement d'épaules : « Avant les hommes... » Il paraît que dans ces temps reculés, la mer recouvrait la région, « une très grande lagune », puis elle est partie et revenue, partie encore pour encore revenir, hésitant tout au long des millénaires.

Voilà pourquoi on y trouve les ossements de ces animaux du bout des âges. Et du gypse aussi, qu'on récolte aujourd'hui pour faire de la chaux qui, diluée dans l'eau, permettra de traiter les vignes... Les leçons de choses, c'est vraiment bien. Bubu dit : « Intéressant ! »

L'affaire nous a en tout cas paru d'une suffisante importance pour que nous décidions, unanimes, d'abandonner exceptionnellement ce jeudi le bois de la Motte pour explorer Champ-Blanc, au bas de la ferme de la Fresnée. Avec brassards tricolores, pistolets au poing et le cœur en fête. Marie est là, elle aussi. C'est l'infirmière de notre maquis à nous. La chasse aux dinosaures est ouverte : comptez vos os !

L'expédition doit durer la journée entière. Tout est prévu. Assis en rond autour du foyer creusé dans l'argile où cuisent les pommes de terre, nous reprenons des forces après la longue marche qui nous a conduits à la limite des rouches, les roseaux du marais. Boutrit affirme que c'est un bon endroit pour les dinosaures. Bubu n'est pas contre. Je coupe d'épaisses tartines avec mon couteau à manche de cuivre, tandis que Marie distribue les morceaux de fromage. Tout est bien.

Et c'est alors qu'ils sont arrivés. Bâton à la main, tourbillonnant, courant en tous sens comme des chevaux fous, en hurlant : « Foutez le camp ! C'est pas chez vous ici ! » Combien sont-ils ? Dix, douze ? Trop, beaucoup trop. L'accord s'est fait d'un seul regard : il faut nous replier. En bon ordre, certes, mais sans lambiner. Tant pis pour les dinosaures.

Et tant pis pour les patates tout juste cuites ! Grâce à une habile manœuvre, nous nous retrouvons bientôt sur le chemin blanc. Et d'un coup, c'est l'envolée : nous galopons vers des terres plus civilisées.

« Oh, les trouillards ! Oh, les trouillards ! »

Et nous, finement :

« C'est celui qui le dit qui l'est ! »

N'empêche que Roland, Du Guesclin, le chevalier Bayard et tous les autres, s'ils nous voient du haut du ciel, n'ont pas dû applaudir très fort... Mais il faut comprendre : ces gens du marais ne sont pas vraiment comme nous. S'attaquer à nous, des FFI, des champions de la liberté, c'est vraiment stupide. Gauthier-le-coiffeur ne dit pas que des bêtises. La preuve...

L'émotion passée, nous nous séparons sur une promesse solennelle : « Nous reviendrons ! » Un jour meilleur. Après tout, des bestiaux qui nous ont attendus quelques millions d'années n'en sont pas à une semaine près...

« Où étais-tu, Petit Pierre ? On t'a cherché partout. »

Tante Charlotte m'attend sous le porche. Elle me serre dans ses bras, très fort. « Tu dois être courageux, Petit Pierre. Je sais que tu l'aimais beaucoup. Mais tu sais, les hommes sont ainsi faits qu'un jour... » Elle pleure doucement, à petits coups. Et moi, la tête enfouie dans son tablier, je comprends : le coq qui chante dans la nuit, la déroute du Pays bas, et maintenant les sanglots. C'est un mauvais jour, un jour du diable. Qu'est-il arrivé ? « Le vieux Pierre est mort. »

Mort ! Le vieux Pierre pouvait mourir... Il me semble qu'il avait toujours été là et qu'il y serait toujours. Immuablement. Ce matin, je ne l'avais pas vu au réveil en train de faire griller son pain, comme à son habitude, dans la cheminée, un bol à la main. Mais ce n'était pas la première fois. Pour lui, le travail commençait souvent avant l'aube.

« Il est mort, cette nuit. »

C'était donc ça : le coq savait, il avait voulu nous prévenir.

Aujourd'hui, dans l'église où nous sommes tous, la famille, les amis, tout le village, pour l'enterrement, je revis ces dernières heures : les larmes de Charlotte et de Juliette, les visages fermés de mes oncles et d'Antoine, les jurons de colère de Camille, le journalier. Et cette crispation qui me prend soudain la poitrine.

Je revois le vieux Pierre, il y a quelques jours encore, pousser sa brouette chargée de cailloux, à demi courbé, avançant lentement, régulièrement, obstinément, à pas courts, animé d'une force têtue. « Laissez, Pierre. C'est trop lourd », avait tenté l'oncle Armand. Sans succès. Je le revois, après le dîner du dimanche, installé en bout de table, disputant une partie d'aluette avec mes oncles et Élysée, mimant pour son partenaire les cartes de son jeu : un œil fermé pour « le borgne », une moue pour « la vache », la tête à droite pour « Madame »... Je le revois, vêtu et cravaté de noir, gisant sur le grand lit de Léonce, l'ancêtre respecté, où Armand avait voulu qu'il repose, enfin. À la maison, les volets fermés, le miroir voilé de crêpe, l'horloge arrêtée. Seul frémissement dans cette bulle d'épais silence, la flamme fragile du cierge fiché dans un chandelier d'étain semblait animer furtivement son visage apaisé. Je me suis approché, j'ai saisi le rameau de buis reposant sur une coupe d'eau bénite et, le cœur au bord des lèvres, j'ai dessiné au-dessus de lui le signe de la croix. En chuchotant un bout de prière.

En sortant, je savais que je ne le verrais plus. Le vieux Pierre est parti pour toujours, emportant avec lui un morceau de ma vie.

« Daignez ordonner, Seigneur, à vos Saints Anges, de recevoir l'âme de votre serviteur Pierre dans la céleste patrie. Afin qu'il n'ait pas à souffrir les peines de l'Enfer. » Notre vieux curé dit la messe. Et je suis à ses côtés.

L'église paraît toute petite, tant il y a de monde. Tout le village est là. Vêtu de noir, silencieux, respectueux.

« Ne vous abandonnez pas à la tristesse, mes frères, comme les autres hommes qui n'ont pas d'espérance. Pour le juste, la mort est une amie, elle le conduira au Ciel ! »

J'espère que notre curé dit vrai. De tout mon cœur. Je veux le croire. Je veux croire. La longue procession vers le cimetière, les larmes encore, la dernière prière. Et c'est fini. Le vieux Pierre n'appartient plus à ce monde.

À la fin du jour, aux Coudriers, il y aura foule. On mangera, on boira comme le veut la coutume. Au fil des minutes, les voix se feront plus fortes. Peut-être y aura-t-il un rire ou deux... Mais, près de la fenêtre, au bout de la table, une chaise restera vide. Celle du vieux Pierre. Personne n'osera s'y asseoir. Comme s'il allait revenir...

Moi, je suis parti à notre « château » où Marie m'attendait. Nous nous sommes assis sous les cyprès. Les cyprès donnent des fruits bizarres, des petites boules noirâtres en forme de crâne. Boutrit m'a raconté que l'âme des morts montait par leurs racines jusqu'au ciel. Dit-il vrai ?

Serrés l'un contre l'autre, Marie et moi avons attendu que l'ombre nous recouvre. La nuit est claire, légère, glacée. Les mains entrelacées, en silence, nez en l'air, nous fixons la cime des cyprès pointés comme des doigts vers le ciel.

L'âme du vieux Pierre s'envolera-t-elle ce soir ?

Chapitre 12

> Que sont mes amis devenus
> que j'avais de si près tenus
> et tant aimés ?
>
> RUTEBEUF

Être désigné pour une « mission » est un honneur, une récompense. Il faut pour cela avoir fait des « efforts », selon Monsieur Griffarin. Il ne s'agit pas de faire mieux que les autres, mais mieux que ce que l'on fait d'habitude. Tous les écoliers ont donc leur chance. La grande Marguerite par exemple, celle du fond de la classe, a plusieurs fois rempli la « mission de poêle », ce qui n'est pas rien : enlever les cendres du grand cylindre de fonte noire, préparer le papier, le petit bois, et allumer le feu pour que toute la classe se réchauffe après la marche du matin. Nous voilà fin novembre, l'hiver s'annonce et ça pince... Personnellement, je préfère la « mission chiffon » : taper le morceau d'étoffe chargé de poussière de craie contre le tronc du marronnier de la cour qui, du coup, arbore une large ceinture blanche du plus bel effet.

Entre marronnier et préau, là est notre territoire, notre place préférée aux copains et à moi. C'est là qu'à chaque récréation, nous nous retrouvons. À l'ombre des branches quand il fait chaud, à l'abri du préau quand il pleut. C'est là, surtout, que nous jouons à « la gouttière ». Le tuyau de fonte qui évacue l'eau du toit est cassé. Tout en bas, il y a un trou. Un « joueur de gouttière » doit faire rouler sa bille sur le ciment du préau et la loger dans le creux du tube mais, et toute la difficulté est là, sans jamais déraper en dehors du ciment. Glisser sur la terre, même d'un petit centimètre, et c'est l'élimination. Et comme le ciment penche un peu vers la terre... Mais la règle est la règle. Momo l'a voulu ainsi. C'est lui l'inventeur du jeu. Qui réussit dix coups de suite, sans déraper, gagne une agate. Alors, évidemment, on veut tous jouer. Même Boutrit. Mais il lance avec trop de rudesse, de nervosité aussi. Total, il est éliminé plus souvent qu'à son tour. « C'est un jeu de fille ! » De son point de vue, ce n'est pas un compliment... Sacré caractère !

Ces jours-ci, le Grand Boutrit a la tête brouillée d'une sorte d'idée fixe qui lui donne un air soucieux. Vingt fois, il m'a posé la même question : « Sais-tu si quelqu'un a pensé à mettre un louis dans la poche du vieux Pierre ? » Cette histoire de louis d'or l'inquiète. D'après lui, chaque mort doit payer son passage dans l'autre monde. Celui qui ne le peut pas est condamné à se morfondre éternellement du mauvais côté du temps... Bien sûr, je savais que Boutrit aimait très fort le vieux Pierre. Je le savais sans qu'il me le dise. Pourtant, je ne comprends pas son obsession. J'ai beau lui dire, lui redire encore, que les anges s'occupent du vieux compagnon, de sa montée au ciel, de son entrée au paradis, rien n'y fait. Il ne m'écoute pas, n'en démord pas : « Il faut un louis. » À la longue, son inquiétude me trouble. Et s'il avait raison ? Pauvre vieux Pierre ! A-t-il un louis dans sa poche...

Autant Boutrit est taciturne en ce moment, rongé par cette affaire de pièce d'or, autant Bubu, d'ordinaire calme, réservé, paraît tout excité, l'œil pétillant, un inépuisable sourire aux lèvres. « Ça va ? » Il fait oui de la tête.

« Tu sais quoi : je connais la raison de ta bonne humeur.

– Ah, bon. Dis pour foir.

– Je l'ai entendu dans le poste : Strasbourg est libéré, voilà pourquoi. T'es bien alsacien, non ?

– Mais non ! Quelle idée. Je ne suis pas alsacien, pas du tout... »

Je me rends compte que j'ai dit une bêtise. J'avais pourtant promis de n'en jamais parler. Mais ça m'a échappé. Bubu, bien sûr, ne doit, ne peut rien dire. Heureusement, personne n'a entendu.

« Je suis heureux parce que j'ai reçu une lettre de ma grand-mère, foilà. Elle fa fenir me chercher ! Depuis tant de temps que j'attends...

– Et tes parents, ils t'ont écrit ?

– Non. » Et son visage, d'un coup, reprend son air grave.

Deuxième bêtise ! Décidément, il vaudrait mieux que je me taise...

« C'est rien. Tu es gentil de t'intéresser à moi. Je t'aime bien. Tu fas me manquer. N'en parle pas aux autres, mais à toi je le dis : je m'en fais dimanche ! »

Voilà comment j'ai appris que Bubu allait partir... Et ça ne m'a pas plu ! Pas du tout.

L'air se fait plus frais. L'hiver approche... « On n'est pas en avance ! La cuisinière ne va pas être contente. » C'est vrai que Charlotte n'aime pas qu'on soit en retard. L'heure des repas, c'est sacré : midi, sept heures, à la minute exacte, hiver comme été. J'ai rattrapé l'oncle Armand dans le virage du cerisier abattu par le vent. Il fait de longues enjambées et je trottine à côté de lui, tant bien que mal.

« J'ai une bonne nouvelle pour toi, Petit Pierre. Le facteur a apporté une lettre de tes parents ce matin. Ils vont venir te chercher. La semaine prochaine sans doute. Tu te rends compte ? Depuis le temps que tu te languis ! Tu vas enfin les revoir, ton père et ta mère. Tu vas bientôt retrouver ta maison et tes copains de la ville. Une grande nouvelle, non ? »

Sur le coup, je reste bloqué sur place. Figé. Essayant à grand-peine de mesurer la promesse : revoir bientôt mes parents, les toucher, les embrasser, me serrer contre eux. Bien au chaud, à l'abri. Comme avant.

Les images, les couleurs, les odeurs de ce temps se bousculent. À demi oubliées, gouachées par le souvenir, les revoilà maintenant que le rideau se déchire, pleines de vigueur nouvelle, palpitantes. Comme il m'a manqué ce monde de mon enfance ! Je le comprends à présent. En retrouvant ce bout de moi, ce morceau de ma vie, je me sens mieux, plus plein, entier. Heureux.

Le repas se passe dans les nuages. C'est au fromage que tout basculera...

À peine une craquelure au début, une fissure ensuite. Et puis irrésistiblement la cassure, le gouffre. Et la peur diffuse, collante.

Ce passé qui revient sans crier gare va-t-il dévorer mon présent ? Gommer, dissoudre tout ce qui est ma vie de maintenant ? Mes copains, l'école, le vieux curé, le village, le son de la frappe du marteau de Louis (mat sur le fer rougi, clair sur l'enclume), le bois de la Motte... Et Monsieur Griffarin, Madame Aimée l'épicière, et Henri, Gaby, Gauthier et tous les autres... Et les Coudriers, le père Élysée, Camille. Faudra-t-il tout abandonner, tout ce qui est, qui fait mon monde aujourd'hui ?

Et Marie, abandonnée elle aussi ?

Non ! ce n'est pas possible. Je refuse.

Comment aurais-je pu imaginer que le bonheur puisse me faire aussi mal...

Armand me fixe. Il a compris. « Viens, marchons un peu... Tu as de la peine, je le vois bien. Arracher ses racines fait toujours mal. Mais pense à ton avenir. Tu es un gars de la ville et c'est à la ville que se trouve ta vie. Il faut parfois perdre pour gagner. Il le faut pour l'homme que tu deviens. C'est le prix à payer. C'est comme pour le cognac : ta part des anges à toi... Entrer dans une nouvelle vie, c'est comme chausser de nouvelles galoches. Au début, on a mal et puis le pied s'y fait. On marche, et bientôt on court. Si parfois la peine te rattrape, tu serres très fort ton couteau au creux de ta poche et tu avances. Sans regarder derrière ! » Je sens qu'Armand dit vrai. Pourtant la douleur est là, au fond de moi.

Monsieur Griffarin nous a raconté l'histoire de ce poisson de l'aube du monde d'avant les dinosaures qui, la première de toutes les créatures marines, a rampé sur le rivage et gobé sa première bouffée d'air, poitrine déchirée, brûlée par le souffle. Parce qu'il le fallait. C'est notre ancêtre, l'ancêtre de tous les animaux terrestres, les bêtes et les hommes. Ce poisson, c'est moi ! J'ai mal mais je ne pleurerai pas. Je dois faire face. Parce qu'il le faut...

N'empêche que les anges sont des voleurs, une sacrée bande de sacrés voleurs ! Qu'ils me prennent une part de ma vie d'ici, passe encore. Mais tout ! C'est de la triche. Des voleurs d'histoire. Je rêve de leur arracher les plumes, une à une, et de les faire rôtir comme des dindes...

« Il faut les marier ! » lance Boutrit.

Les copains sont tristes. Marie pleure silencieusement, un pauvre sourire aux lèvres. Notre aventure s'effiloche. Mais le Grand Boutrit n'est pas homme à se lamenter longtemps. Il vient d'avoir une idée simple : puisqu'une histoire s'arrête et qu'on n'y peut rien, il faut qu'une autre commence. Et ça, dit-il, « c'est notre affaire ! ». Voilà pourquoi, selon lui, il est soudain devenu nécessaire, indispensable, urgent de nous marier, Marie et moi... L'enthousiasme est immédiat, total. Il n'y a que nous, les « futurs », qui hésitons un peu. Un peu mais pas longtemps. Les sourires sont de retour, Boutrit est un génie !

La cérémonie aura lieu au « château ». D'abord allumer le feu dans la cheminée, ensuite décorer les lieux avec des bouts de cierges récupérés à l'église, puis rassembler de quoi boire et manger. Enfin, trouver deux anneaux pour sceller l'union et surtout cueillir les dernières roses blanches, rescapées de la Toussaint, pour la couronne de Marie...

Boutrit est le témoin de Marie, Bubu est le mien. Quant à Momo, il officie. Il a trouvé la bonne formule dans son missel :

« Que la femme soit soumise à son mari comme au Seigneur parce que le mari est le chef de la femme, comme Jésus-Christ est le chef de l'Église... Et vous, mari, aimez votre femme comme Jésus a aimé l'Église ! » L'émotion qui colore les joues de Marie m'affole le cœur. Nous avons dit « oui » à mi-voix, glissé les anneaux à nos doigts et... « Un baiser ! C'est obligé. » Boutrit commande. « Comment ça ? Devant tout le monde... » Je m'en veux de cette timidité. « C'est obligé ! » Marie s'approche, nos lèvres se touchent. Cette fois, ça y est, nous voilà mariés ! Pour de bon. Marie me prend la main, me fixe intensément. « Te voilà mon maître, à présent. »

Son maître ! Moi, Petit Pierre, je suis le maître de Marie ! Elle me l'a dit... La première surprise passée, naît en moi un sentiment nouveau, inconnu jusque-là, indéfinissable. Comme une fierté née d'elle, partagée avec elle. Je me sens plus fort. Fort comme un homme. Enfin presque...

Les autres sont partis à présent. Le soir est tombé, un soir d'hiver précoce, enveloppant. Pour rester tous les deux, ensemble, devant la cheminée au chaud, sans personne, il nous a fallu mentir, inventer une fable : une réunion à l'église pour préparer la fête de Noël... Je sais que c'est péché, mais comment faire ?

« Tu es mon mari, je suis ta femme. Nous devons dormir ensemble. Tous les mariés le font. C'est notre nuit de noces. »

Je suis d'accord, allons nous étendre sur la toile du gros matelas de foin. Et dormons.

« Pas comme ça, gros bêta ! » Marie rit de tout son cœur. Je ne comprends pas. Il n'y a pas mille façons de dormir : on s'allonge, on ferme les yeux et on s'endort, voilà tout. « Mais non. Tu sais bien. » Marie ne rit plus. « Tout nus ! »

Ai-je bien entendu ? Je ne bouge plus, je respire à peine. Immobile, j'attends. Marie hésite un moment. Et soudain, comme libérée, en peu de gestes, la voilà qui s'active : les chaussettes blanches, la jupe plissée bleue et le chemisier et sa douzaine de boutons...

Marie est nue. Toute nue. Le feu de la cheminée la dore, la caresse. Avec sa couronne de roses blanches posée sur ses cheveux clairs, on dirait une reine. Une déesse. Irréelle.

Boutrit est un âne. Et un gros. Le corps des filles est une merveille ! Et Marie est la plus belle de toutes les filles du monde, depuis que le monde est monde. Marie est ma femme, à moi qui suis son maître...

Elle me sourit, m'encourage d'un geste des doigts. Je m'active, à demi tourné, un peu gauche. La ceinture résiste un moment, le couteau tombe... Enfin, je me glisse vers elle, près d'elle, plus près encore. Je m'enveloppe de son odeur de miel, de sa chaleur paisible, de la douceur laiteuse de sa peau. La joue bientôt posée sur la soie de son ventre, je ferme les yeux.

Le temps s'est arrêté. Et pourtant, les images se bousculent dans mon crâne. Tous ces mois passés aux Coudriers, au village, qui défilent, s'entrechoquent, jusqu'au vertige...

Et au bout, ce moment de paix, innocent.

Marie joue avec mes cheveux, de mèche en mèche. Elle respire lentement et ma tête oscille doucement au gré de son souffle. « Quand tu seras parti, je déposerai ma couronne sur la tombe du vieux Pierre... »

Parti ! C'est vrai. J'avais presque oublié.

Mais ce n'est plus comme avant. Comme avant le « mariage ». Maintenant, je me sens fort. Comme Du Guesclin, comme Bayard. Prêt à affronter tous les périls du monde. Marie est à moi et je suis à Marie. Rien ne nous séparera. Jamais.

« Tu sais Marie...

– Oui ?

– Je t'aime !

– Je sais. Je l'ai toujours su. Moi aussi, je t'aime... »

Je rêve au cœur d'une bulle de bonheur. Dans un temps immobile, où chaque minute paraît durer une vie...

Et je me dis que plus tard, beaucoup plus tard, quand l'avenir aura un goût de passé, quand plus personne ne m'appellera Petit Pierre, je dirai tout, j'écrirai tout. Pour ne pas oublier. Jamais.

Promis, juré !

Photocomposition Nord Compo
59650 Villeneuve-d'Ascq

Impression réalisée
par ***Bussière***
en octobre 2004

Édition exclusivement réservée aux adhérents du Club
Le Grand Livre du Mois
15, rue des Sablons
75116 Paris
avec l'aimable autorisation des Éditions Calmann-Lévy

Imprimé en France

Dépôt légal : novembre 2004.
N° d'impression : 043857/1.